華族花嫁の正しい飼い方

犬飼のの

illustration:
つくだ 仁南

JN282387

prism bunko

CONTENTS

華族花嫁の正しい飼い方

《一》

僕が産まれた日――元伯爵綾之杉《あやのすぎ》家の屋敷からは、満開の桜が見えたという。

横浜の高台から見える桜は丘を埋め尽くし、その先には海が輝いていたそうだ。

両親は僕に桜海《おうみ》という名をつけ、その素晴らしい景観を生涯忘れないよう留めた。

その日にはもう、屋敷は人手に渡っていて――けれど元華族の体面から、産まれてくる男子をどうしても屋敷で出産したいと嘆願し、引き渡しを待って貰っていたという。

両親と姉と産まれたばかりの僕は、それから一週間だけ屋敷に住むことを許された。

そして約束の一週間後、売り渡しを免れた一部の家財道具と衣類を手に、僕達は団地に移り住んだ。元華族という立場を忘れ、庶民として生きていく――それが、没落の一途を辿った綾之杉家の末路である筈だった。

「やあ桜海君、こんな所で会うなんて奇遇だね」

大学で講義を受け、書店でのアルバイトを終えて帰る道すがら、突然声を掛けられた。

歩道にぴたりと沿った車は、左ハンドルの白いメルセデスで、運転しているのは元侯爵常盤小路家《ときわこうじ》の楓様《かえで》だった。半年前に姉の婚約者になった常盤小路家の当主、篁様《たかむら》の弟君で、常盤船舶の社長でもある。

「楓様こんばんは、こちらにいらっしゃるということは、姉にご用でしょうか？」

「桜子《さくらこ》さんにというよりは、君のご両親にね。丁度良かったよ、乗って行きなさい」

「はい、ありがとうございます。お言葉に甘えさせていただきます」

僕が道の反対側に回ってドアに手を掛けようとすると、楓様は助手席に乗り出し、内側からドアを開けてくれた。

この半年間に何度もお会いしているけれど、大会社の社長という立場でありながらよく気がつく方で、お忙しい篁様に代わって姉の結婚準備の手伝いをしてくださっている。

「こんな遅い時間に一人歩きなんて危ないね、バイト帰りかい？　本屋さんだっけ？」

「はい、駅前の書店で働いています。危ないだなんて……僕は男ですよ」

「男だから安全なんてことはないよ。最近誰かに尾けられている感じがするとか、マスコミっぽいのが嗅ぎ回ってる様子とか、何か気になることはない？」

「いいえ、特に何もありません」

「それならいいけど、心配になるよ。何しろ桜海君は桜子さんに似ていて可愛いからね、いや……どちらかというと美人系かな。男にナンパされたことだってあるでしょう？」

「は、はい……何度か……」

「やっぱりね。君って中身と違って一見クールビューティーで、どことなく色っぽいんだよね……あ、怒らないでくれよ。君のことは実の弟のように思って、心配しているんだ」

「ありがとうございます、楓様に実の弟のようだと言っていただけるなんて、とても光栄です。篁様と姉の結婚に差障りのないよう、くれぐれも気をつけます」

助手席に座る僕の言葉に、楓様はふと表情を曇らせた。何かおかしなことを言ったとは思わなかったけれど、爽やかな笑顔が基本の人なだけに、気になってしまう。けれど運転中にあまり話しかけるのは良くないと思ったので、団地の駐車場に着くまで黙っていた。


来客用の駐車場には近所の人も勝手に車を停めており、今夜も国産のファミリーカーや軽トラックが数台停まっている。楓様の車から降りて振り返ってみると、二人乗りの白いメルセデスが甚だしく浮いていた。車体に傷をつける悪質な悪戯や、車上荒らしなどの事件が時々起きるので、できることなら楓様の用事が終わるまで見張っていたかった。

「あの、お車……何かあるといけませんので、ここで見張っていましょうか？」

「とんでもない、僕が桜海君にそんなことをさせるわけがないだろう？　セキュリティは万全だし、どうしても守りたい車なら運転手に任せるさ」

楓様はポケットに手を突っ込み、キーを出さずにロックを掛ける。

着ているスーツはハンドクチュールで仕上げられた最高級品で、３ＬＤＫの同じような部屋が犇《ひし》めき合っている団地には、まったく似合わない人だった。

この団地は祖父が以前経営していた会社の社宅で、今は社員数も少ない上に、あまりの古さと不便さに半分近くが空き部屋になっている。経営権を売却した綾之杉家とは疾《と》うに縁がなくなっているものの、恩借により無料で住まわせて貰っていた。

「お兄様の篁様も、ご自分で運転なさったりするんですか？」

「うーん、一時はスーパーカーを乗り回してたけど、今の立場になってからは全然だね。常盤小路グループの総帥ともなると、警護なしで出かけることすら難しいんだよ、屋敷の中でしか自由がないんだ。外出時は前後に護衛車を走らせることもあるくらいだし」

「まるで宮様のようですね……実際に公家《くげ》華族の血を引く常盤小路家に姉が嫁ぐなんて、未だに信じられません」

来客用駐車場からは少し遠い棟に向かって、僕は楓様と並んで歩く。

楓様は姉より四つ年上の二十八歳で、こんなお兄さんがいたら頼もしいなと思うくらい、優しくて素敵な方だ。

姉の婚約者はこの人ではないかと錯覚しそうになるけれど、楓様はあくまでもお兄様の篁様の代理でいらしているだけで、姉の婚約者は日本有数のグループ企業『常盤小路』の新総帥であられる篁様。楓様とは腹違いで、あまり似ていない……というよりはまったく違うタイプで、結納の時も少しも笑わず、なんだか怖い顔をして僕を睨みつけていた。

楓様がぽかぽかとした真昼の太陽なら、篁様は冴え冴えとした清夜の月といったところだろうか……どちらもハンサムでスタイルのいい、見目の良過ぎるご兄弟だったけれど、やはり篁様からは冷たい印象を受けた。何しろ篁様は、姉や両親とはお見合いと結納で二度、僕とは、結納の時に一度だけしか会っていない。

ご多忙なのはわかっているけれど、姉が家事手伝いで暇なのを知っているのに、一度もお屋敷に招いてくださらないのは……婚約者としてちょっと、どうかなと思っている。

「えーっと、ここだよね？　似ているから時々わからなくなってしまうよ」

「はい、ここの階段です。住民でも間違える人がいるくらいなんですよ。隣棟の同じ階のご主人が、酔っぱらってうちのドアを叩いたりするんです」

「おやおや……それは聞き捨てならないね。やはり桜子さんにはガードをつけさせていただきたいものだ。出かける時だけではなく、常駐でね」

「常駐……ですか？　それは無理というものです、ご存知の通り本当に狭いですから」

「困ったね、早いところ横浜の屋敷に移っていただきたいのだが、お父上が頑固で……」

「申し訳ありません……入籍するまでは、あまりお世話になってはいけないと考えているようで、僕の進学費用のことも未だに気にしています」

ポストのついた階段に差し掛かった僕は、楓様の後をついて行くようにして上がる。

声が反響する上に夜間なので、会話は自然と中断された。

ひび割れていない段が一つもないようなコンクリートの階段と、手垢や張り紙だらけの金属扉――上から誰かが下りて来ようものなら、汚れた壁に張りついて譲り合わなければ通れないほど狭い階段の先に、綾之杉家の住まいがある。

僕が産まれて一週間後から、十八年以上も住み続けているこの団地に、愛着などは持てなかった。本籍も、家族全員横浜の屋敷のままになっている。

ここで長年暮らしながら、今の綾之杉家には身分相応だと言い続ける父に隠れて、母は横浜の屋敷の写真を僕達姉弟に見せた。「いつか必ず綾之杉伯爵邸に戻りましょう。あの見事な桜と海を皆で眺めるのよ」と言っては、声を殺して泣いていた。近所の人達と挨拶以上の言葉を交わすことも、外に出て人に使われる仕事に就くこともなく――お金がなくても内職で食い繋いでいても、母の心は元華族であることに縛られ続けていた。

「まあ楓様、ようこそいらっしゃいました。お電話をいただいてから心待ちにしておりましたのよ。あら、桜海さんと一緒だったのね」

「夜分に失礼します。桜海君とは途中で会ったのですよ」

母の出迎えを受けた楓様は、新聞紙ほどの広さしかない玄関で革靴を脱ぐ。

この家には不似合いに立派な――でもとても古いスリッパを履き、たった三歩で終わる廊下を進んだ。

開かれている引き戸の向こうにはキッチンとダイニング、そして八畳の和室がある。

そこは両親の寝室として使っているものの、普段は客間に見えるよう整えてあった。

「さあどうぞ和室へ。すぐにお茶を淹れますわ」

「いえ、本日はお詫びに伺いましたので、お茶は結構です」

「え……？　お詫び？　ま、まあ……なんですの？」

目の前で展開される母と楓様のやり取りに、僕の心臓はびくつく。

お詫びという言葉に、胸や胃が信じられないくらい緊張していた。

それになんだか、いつもと違って少し妙だ。

楓様が来る時は真っ先に出迎える姉が、和室で黙々と座布団の用意をしている。

父が黙って座っているのは普段通りだけれど、姉の様子は明らかに変だった。

お詫び――それがもしも、篁様と姉の婚約が駄目になったとか、そういうことだったらどうしようかと思うと、動悸が激しくなる。

半年ほど前に常盤小路グループの総帥になられた篁様は、「維新までは曾祖父の主人であられた、綾之杉家の令嬢を娶りたい」と突然仰られたそうで、人を介してお見合い話を持ちかけてきた。

今更というくらい時が経ち、立場は完全に逆転していているものの、過去に君臣関係にあったのは事実で、赤貧《せきひん》から浮上できると知った母と姉の表情は一変した。

姉を一目で気に入ったらしい篁様は、婚約が成立するなり横浜の綾之杉邸を買い取り、いつでも移り住むようにと言ってくださった。そして当時高校三年生だった僕が金銭的な事情で進学を諦めていたことを知ると、学費を都合してくださった。

その時はまだ、お金を出すばかりで会いに来てくれない人だとは思っていなかったので、なんてお優しい方が姉の婚約者になってくれたのだろうと、心から歓喜したものだった。

「楓さん、お詫びとはいったいなんだね。妻と息子が真っ青な顔をしているのでね、早く説明していただきたい」

座卓を前にして上座に着いていた父は、「私達は庶民なのだ」と頻繁に言いながらも、誰よりも元華族の誇りと威厳にしがみついた顔をして、楓様を見上げる。睨み上げる、といっても過言ではないくらいの目つきをしているけれど、実際には楓様は父の大のお気に入りだった。

「ご心配をお掛けして申し訳ありません。では失礼致します」

楓様が座布団を使わずに畳に直接座ったため、続く僕も座布団を使わなかった。

正座をしても美しいラインのスーツ姿で、楓様はゆっくりと頭を下げ、膝に手を当てる。

斜め後ろに正座した僕の心臓は、すでに限界だった。

もしも婚約破棄なんてことになったら……何か知っているらしい様子の姉はともかく、母はどうなってしまうのかと気が気ではない。

すでに横浜の屋敷に心を飛ばし、元華族の優雅な奥方様に戻っている母は……きっと、おかしくなって倒れてしまう。

「単刀直入に申し上げます。私は桜子さんの婚約者の弟でありながら、結納の席で初めて彼女に会って……許されぬ想いを抱いてしまいました。そして現在、桜子さんのお腹には私の子がいます」

楓様の言葉が耳に入り、理解した瞬間、この世から音が消えたみたいに静かになった。

本当に、何も聞こえなかった。バクバクと鳴っていた心音も何もかも全部が消えて——五感のすべてが思考のために休止しているみたいだった。

弟の立場としては、楓様のような優しい方と婚約して欲しかったと……僕は内心ずっと思っていて、そう思った最大の理由は楓様に向ける姉の表情だった。

こうして裏にあった事実を知らされると、何故気づかなかったのかと不思議になる。

おそらく、だいぶ前から姉は楓様に恋をしていたのだろう。

幸せ過ぎる表情の数々が、鮮明に浮かび上がった。

今、父や母が凝視している姉の顔はとても恥ずかしそうで、申し訳なさそうで、けれど物凄く……物凄く幸せそうだったから、僕の心配は半分消えた。

「桜子さんっ、貴女……なんてこと、なんてことを……っ、あぁ……！」

「た、篁様には……なんとっ？」

姉の隣で狼狽《うろた》える母と、その隣で流石に目を剥いている父に向かって、楓様はもう一度頭を下げ、「本当に申し訳ございません」と謝った。

「兄にすべて打ち明けまして、桜子さんと結婚させて欲しいと願い出ましたところ、一旦保留とされてしまいました。綾之杉家の皆様に屋敷にお越しいただいて、話し合いたいと申しております。このような大罪を犯してしまった私への、皆様のお怒りは大変なものと存じておりますが……どうか何卒、桜子さんと私の結婚をお許しいただけないでしょうか？　その上で兄の元にお越しいただきたく――心よりお願い申し上げます」

シンと静まり返った空気の中、僕は一番心配な母の顔を見つめる。

父の隣で放心しているように見える母が……実は凄まじい勢いで今後のことを計算して

いるのが、なんとなくわかってしまった。

楓様は、グループの総帥である篁様とは比較にならないものの……それでも日本屈指の船舶会社の社長だ。しかもこういうことは男の方が責任を取るべきことなので、言葉通り姉と結婚して、綾之杉家にも良くしてくれるだろう。篁様が許してくださるなら、むしろ喜ぶべき状況なのかも知れなかった。何しろ、姉は楓様が好きなのだから……。

「篁様は、お許しくださるのですか？　娘にも大きな非がありますから……私達は篁様にお詫びしなければ……けれどもしお怒りが解けなかったら、楓様はどうなるのですか？」

「兄の許しを得られなかった場合、私はグループからも常盤小路家からも追放される可能性があります。母方の実家に身を寄せることはできますが、ご存知の通りの状況でして」

「そんな……まさかそんな……貴方は桐平《きりだいら》侯爵家の血を引く、正妻のお子なのに！」

「申し訳ございません——父が亡くなり、兄が跡を継いでいる以上、私の力はもう……」

楓様の言葉は、僕の想像とはだいぶ違ったものだった。

いつも堂々としているこの人が、篁様の一存でグループから追放されるほど弱い立場だなんて、俄《にわ》かには信じられない。

そもそも次男の楓様は先代と正妻の子供だけれど、長男の篁様はお妾さんの産んだ子で、先代が亡くなって新総帥を決める際には悶着があったと聞いている。

そういう事情もあり、楓様の立場はグループ内でも強いのだろうと考えていた。けれどそれは思い違いで、総帥の決定は絶対――楓様は今、危機的状況にあるのだろうか？

そうなると、我が家にとっては甚だ厳しいことになってくる。

楓様の母方のご実家は家柄ばかりの没落華族で、特別派手な生活はしていない筈だった。楓様がグループを追放されてしまった場合、姉との生活に困窮するほどではなくとも、綾之杉家の面倒まで見るのは難しい気がする。少なくとも母の念願は破れ、横浜の屋敷に戻れなくなるだろう。

「すぐに……っ、すぐに篁様の所に参りましょう。なんとしても許していただかなければなりません。楓様が今のままグループの要職にあり続けられるよう、お願いしなくては」

「はい、私としても兄に許しを請い、桜子さんやお腹の子、そして綾之杉家の皆様と共に平穏に生きていきたいと思っております。どうか何卒、不甲斐ない私をお許しください」

「ああ困ったわ、でも相手が楓様で本当に良かった……とにかく篁様にお詫びを……っ」

父と姉と僕は何も言わず、母ばかりがあれこれと話し続けた。

でも、僕達がこれからどうするかは決まっている。今はとにかく謝って、篁様に二人の結婚をお許しいただくしかなかった。

《二》

翌夕、お忙しい篁様が自宅に戻られる時間に合わせて、僕達は常盤小路家に向かった。

明治後期に建てられた常盤小路侯爵邸は、都内の一等地に広大な敷地を持ち、建造物も壮大――西洋文化を取り入れた石造りの建物は贅を尽くした物で、鹿鳴館《ろくめい》によく似ている。

通された二階の居間の天井はドームのようになっており、芍薬や牡丹をモチーフにした和風の天井画が印象的な部屋だった。時代を感じさせる和洋折衷のバランスが、上品かつ大胆で本当に素晴らしい。調度品も一つ残らずアンティークのようで、写真で何度も見てきた綾之杉家のそれらよりも、遥かに上等な物だとわかった。

この屋敷が建てられた当時、常盤小路侯爵家は爵位を金で買ったも同然な成金侯爵として、貧乏公家から嫌われていたらしい。それは事実の筈だけれど、この屋敷を見た限り、成金趣味だと感じられる部分はなかった。お金に糸目をつけずに建てた物だということはわかるものの、年季の入ったセンスの良さに圧倒される。

「篁様……随分遅れていらっしゃるわね、本当に今夜お会いできるのかしら？」

「すみません桜子さん、すでに社を出ているそうですので、あと少しです。皆様も長らくお待たせして申し訳ありませんでした」

居間の隅で携帯を弄っていた楓様は、篁様本人か関係者の方からメールを貰ったようで、そわそわしている姉と、待ちくたびれている僕達に声を掛けた。

昼頃にニュースで報じられていた、系列銀行の大規模なシステムトラブルの影響を受け、篁様の帰りは予定よりも遅くなっていた。

僕達は楓様と一緒に二時間以上も待ち続けることになり、姉と母は終始落ち着かない。

父は相変わらず黙りこくっていて、嫁入りの前の娘に手を出した楓様を詰《なじ》ることもなく、ふしだらなことをした娘を叱ることもなく、難しい顔をしてソファーに座っていた。

曾祖父や祖父の代ですでに傾いていたとはいえ、綾之杉家の体面を守れずに破産させてしまった父にとって、すべては複雑なのだろうと思った。かつて家臣だった常盤小路家の、年若い主を前に遜《へりくだ》り、その上さらに低頭平身しなければならないこの窮状は、僕が察する以上につらいのだろう。

しばらくすると、秘書を従えた篁様が居間に入ってきた。

扉が開く三分前にご帰宅の知らせを受けていた僕達は、全員立ち上がって篁様を迎える。

「お呼び立てしておきながら長時間お待たせして申し訳ありません。予定がだいぶ狂ってしまいました。一時間ほどで社に戻らなければなりません」

篁様は開口一番そう言うと、すぐに着座を勧めてくる。

僕達は四人並んで椅子を引き、ソファーではなく部屋の中央にあるテーブルに着いた。

お決まりの挨拶をすっ飛ばし、婚約に絡む大事な話し合いを一時間以内で終わらせろと暗《あん》に言われて絶句したけれど、僕はそれよりもむしろ、篁様の存在感に驚く。

常盤小路グループの総帥という立場が板について来たせいなのか、総帥となられて間もなかった結納の時よりも、一層ご立派に見えた。

こういう人をカリスマというのだろうか？

ただそこに居るだけで、場の空気が変わる感じだった。きちんとしたスーツ姿に整った黒髪で、別段派手な恰好などしていないのに、とにかく一際目立っている。

ご身分を知っているからという先入観のせいではないと、きっぱり断言できるくらいにオーラを感じた。

「改めまして、綾之杉家の皆様にはご機嫌麗しく。ご無沙汰して申し訳ありません」

篁様は初夏の青竹のように凜とした姿で、僕達家族に視線を送ってきた。

まずは挨拶を返している両親と姉へ、そして最後に僕を見て、視線をぴたりと止める。

切れ長で涼しげな目の中で、黒い瞳は確かに僕を捉え——それと同時に、どこか意地悪そうに唇が上がった。

「……っ」

じっと見られながらそういう表情をされると、なんだか嗤《わら》われているみたいで居心地が悪くなる。顔に何かついていないかと確かめたくなって……けれどそうもいかないので、俯いて逃げた。

「兄さん……この度は本当に申し訳ないことをしてしまいました。悪いのは無理を通した僕ですから、桜子さんや綾之杉家の皆様を責めないでください」

一人だけ座らなかった楓様は、大きなテーブルに沿って回り込み、篁様の隣に座る。

お二人とも大変な美男ではあるものの……顔立ちから髪色や毛質に至るまで、似ている所が少しもない兄弟だった。

下座に座られたお二人の背後には、広い部屋中を映し出すような大鏡がある。

鏡に映った後ろ姿の間に、強張った両親の表情が見えた。姉の顔色も冴えない。本来の婚約者を前にして、流石に罪悪感を覚えているようだった。

「皆様に、まずは楓の兄として謝罪致します。嫁入り前のお嬢さんを傷物にしてしまい、大変申し訳ありません」

「兄さん……」

「……篁様っ、そのような……本当に申し訳ございません……私は……っ」

「桜子さん、元はと言えば、多忙を理由に貴女にお構いしなかった私の責任です。愛想を尽かされ、弟に奪われても仕方がありません。貴女が幸せになってくださるのが、何よりだと思っています」

篁様の言葉に、僕の隣に座っていた姉の肩の位置が落ちる。その隣に座る母の表情も、安堵の色を帯びた。この流れなら許して貰える気がして、僕も内心ホッと息をつく。

「桜子さんをこの屋敷にお迎えするのは、今日が初めてでしたね。このような形でお招きすることになり、大変残念です。本当はこの屋敷に、貴女をお迎えしたかったのですよ」

「篁様……そのように勿体《もったい》ないお言葉……痛み入ります。どうか、何卒ご容赦ください」

「本当に残念ですが、いいのですよ。生憎と楓は今ここに住んでおりませんので、貴女は別の所で暮らすことになるでしょう。楓との結婚を、綾之杉伯爵が許してくださったらの話ですが――」

篁様の言葉に、僕達は揃って息を詰めた。

楓様と姉の結婚を認めてくださったのだと思うと、緊張が一気に解ける。

それから母が中心となって、父も加わり、お詫びの言葉や感謝の言葉を折り重ねていた。

ところが僕は、弟として御礼を口にすることができない。

姉が好きな人とちゃんと結婚できて、母の心が壊れるようなことにならずに済みそうで、もうそれだけで感極まってしまって——言葉が喉に詰まって声にならなかった。それでもどうか気持ちだけは伝わるようにと願い、失礼にならない程度に視線を向け続ける。

「楓と桜子さんの子が男子で、次期後継者としての資質があるならば、いずれグループを任せたいと思っています。何しろ私は本妻の子ではありませんので、二人の結婚を祝福し、楓の血筋を立て、綾之杉家の皆様を親族として大切にさせていただく所存です」

「ああ……なんという、なんという慈悲深い御方でしょうか……っ、流石は常盤小路家の跡取りとなられた篁様。徳の高い御方でいらっしゃいますわ」

「お待ちください伯爵夫人、まだ続きがあるのです。これまでの話は楓の兄としてのものです。そういう立場での話はここまでとして——桜子さんの婚約者であった私個人として、今回の件について思うところを述べさせていただきたいのですが、よろしいですか？」

「！」

その瞬間まで、居間に満ちた空気が柔らかく温かいものになっていたのだということを、僕は痛切に感じた。一瞬にして固く冷たく変わった空気に、強張る肌が痛みを覚える。

「多忙に流され桜子さんに愛想を尽かされたのは私の落ち度ですが、婚約者と弟に裏切られ、婚約破棄という形でこれから恥を掻かされる上に、大変傷つきました。この屈辱と、これから徐々に襲ってくるであろう悲しみを、どうしたら癒せると思いますか？」

篁様は凍りつく僕達を順番に見て、またしても僕の顔を見据えた。

怒っているのか、それとも嘲笑《あざわら》っているのか、よくわからない表情が怖くて堪らない。

先程は俯いて逃げることができたけれど、今は釘づけされたように顔も視線も動かせず、背中に汗が伝うのを感じた。

「貴方は、私共に何をお望みなのですか？　婚約破棄の慰謝料ということでしょうか？」

父は震えそうな声を辛うじて整え、篁様に向かって言った。

二人が視線を繋げたことで、僕はようやく解放される。だからといって胸を撫で下ろすことはできず、いつの間にか止まっていた呼吸が少し戻る程度だった。

「金銭の問題ではありません、私はこの傷を癒して欲しいだけなのです。そうですね……例えばこんなのはいかがでしょう？　花嫁の代わりとして、弟さんに来て貰うのです」

「……え？」

「桜海に、ですか？」

耳を疑い、ぽかんと口を開けるばかりだった僕とは違い、父はすぐさま問い返す。

母や姉は僕と殆ど同じ反応で、無言のまま目を瞬かせていた。

「そうです、桜海君にこの屋敷に来ていただきたいのですよ。以前にも申し上げましたが、私は桜子さんのお写真を拝見し、一目見て心惹かれました。彼ほど似ている人間が、他にいますか？」

「篁様っ……そのお言葉は大変光栄です。ですが……弟は歴《れっき》とした男子ですわ。確かに、私に似てはいますけれど……綾之杉家の跡取り息子です」

「えええええ、そうですとも。息子が嫁げる道理がございません」

「もちろんそれは承知しています。私はただ、桜子さんに似ている彼に、傍に居て欲しいだけなのですよ――話し相手としてね。立場上、心の内を曝け出せる相手も少なく、孤独なのです。桜海君が来てくれたら、どんなにか癒されることでしょう」

篁様は終始和やかに語ると、僕を見てにっこりと笑った。

これまでそんな表情を見たことは一度もなかったので、僕は……反射的に微笑みに近い表情を返しながらも、顔のすべての筋肉が歪《いびつ》に引き攣るのを感じる。

「僕が……貴方の……お相手を？」

「そうだよ桜海君。ここに住んで、私の話し相手になるのは嫌かな？」

これは笑顔じゃない、お願いでも提案でもない――脅迫だ、と……痛む胃が訴えてくる。

楓様と姉の結婚を認めるのも、生まれてくる子供が優秀な男子なら後継者にするのも、

綾之杉家を親族として大切にするのも全部……この条件を呑んだ場合の話であることは、確認しなくてもわかった。

「あら、まぁ……常盤小路グループ総帥のお話し相手なんて、勿体ないお役目ですわっ」

母は突然、歓喜したように声のトーンを上げる。

話し相手で済むと思っているのか、それとも本当のところをわかっていて気づいていない振りをしているのか――どちらかは知らない。

僕としては前者だと信じていたかったから、母の真意については考えないことにした。

夢見がちで現実を直視せず、少しふわふわとしているところのある母はきっと、篁様の言葉をそのまま受け止めているのだろう。

他意はないのだと、僕は信じようと思った。そうでなければやり切れない。

図書館で本を借りて読むのが唯一の趣味で、文学部に進んだ僕の頭には……様々な本のタイトルが浮かんでいた。男色が禁忌ではなかった文化を持つ日本に居て、文学が好きであればそういう本に行き当たることはよくある。自分の身に降り懸かるとは夢にも思わなかったことが、急速に迫ってくるのを感じていた。

この状況で、本当にお話し相手だけで済むと思えるほど、お気楽ではないつもりだった。

「さあ……どうする？　君さえ良ければすぐにでも越して来て欲しいところだな。同時に楓と桜子さんには入籍を済ませて貰って、綾之杉家の皆様には横浜の屋敷に移っていただきたい。何しろ桜子さんは、今が特に大事な時だからね。警護はもちろん、世話係を常にお傍に置かせていただきたいんだよ」

篁様は僕に向かって話しながら、またしてもにっこりと笑われる。

僕はその恐ろしい作り笑いに捕らえられながらも、黙ったまま僕を見ている父や母や、姉の視線を感じていた。

「――……はい、僕に務まりますか……わかりませんが、謹んでお受け致します」

否を言わせない篁様の瞳に射抜かれた僕は、震える声でそう答えていた。

仮に何日か考える猶予を貰ったところで、僕に、これ以外の選択肢があるだろうか――

物心ついた時からずっと、「世が世なら、貴方は伯爵になる筈だった。華族であることを忘れないで。綾之杉伯爵邸に戻るのよ」と、頭に刻み込むように聞かされてきたけれど、正直そんなことはどうでもいい。

元華族だからではなく、家族だからこそ守りたいと、僕は思う。たとえどのような形であれ両親や姉を守れるなら、どんなことでも耐えられる気がしていた。

屋敷に居られる時間が日によって区々《まちまち》な篁様のご希望で、僕は大学を休学した。退学はしなくていいと言われたけれど、いつ復学できるのかは篁様の気分次第らしい。もちろん書店員のアルバイトも辞めて、五月晴れの今日——常盤小路家に引っ越してきた。先日の話し合いからは、一週間が経っている。

同時に引っ越した両親と姉は、今頃横浜の屋敷に着いた頃だと思う。来年の春には僕の名前の由来になった桜と海が見られて、母はきっと、涙を流して喜ぶことだろう。

この一週間、父は一層寡黙になって、姉はなんとなく余所余所《よそよそ》しくなり——でも、母は本当に幸せそうだった。僕に向かって何度も何度も、「常盤小路グループの総帥に気に入られたのだもの、桜海さんの将来も綾之杉家の未来も安泰だわ」と、無邪気な顔で微笑みながら言ってきた。

僕はそれで良かったのに、父はそんな母を見る度に苛立ったようで、昨夜とうとう僕を団地の外に引っ張り出した。

壊れた遊具が直されないまま撤去された寂しい公園で、父は僕の真正面に立ち――こう言った。「お前に色子のような真似をさせてすまないが、桜子が楓さんの子を身籠ってしまった以上、篁さんに逆らうわけにはいかない。この屈辱にどうか耐え抜いてくれ」と、それはそれは真剣な顔で言って……息子の僕に、初めて頭を下げた。

父にどんな言葉を返したのか、僕は記憶していない。

たぶん、「はい」とだけ言ったのだと思う。

それから団地に戻って、姉と一緒に十年以上使っている二段ベッドの中に潜り込むと、下段に寝ている姉から、「桜海さん、許してね……」と、啜り泣きながら謝られた。

暗闇の中で涙が零れて、どうしたらいいのかわからなくなった。

母のように、何も知らない顔で笑っていてくれた方がいい……もしも気づいていても、何も気づいていない振りをしてくれたらいい……僕には、その方がずっと楽だった。

十八にもなる男の身で、父親から「色子のような」と表現されたこと、守ったつもりの姉に泣いて謝られたこと、それらが皮膚の下に食い込んで抜けない棘のように気になって、痛くて――僕は声を殺しながら、何時間も泣き続けた。

「桜海様、こちらが花嫁のお部屋となります。篁様から、花嫁と同様に考えてお世話するよう仰せつかっておりますので、どのようなことでも遠慮なさらずに仰ってください」

控えめな笑顔に品位を感じる女中頭の声に、ハッと我に返る。

彼女は大林梅代《おおばやしうめよ》さんという名前で、常盤小路家に五代に亘って仕えている家の女性であり、さらには篁様の乳母でもあった人だ。引っ越し前に打ち合わせとして三度電話で話をしていたけれど、上品ながらに気さくで感じのいい人だった。実際にこうして会ってみても、その印象は変わらない。年齢は母より一回り上で、うんと年上なだけに安心できた。

「わ……ぁ、凄い……ピンク一色ですね……」

南向きの部屋の扉を開けると、そこはシャンデリアの煌めくロココの世界だった。

家具や扉は金細工で彩られた白が基本で、椅子の背凭れや布製のソファー、カーテンや天蓋ベッドのドレープ、寝具などはすべて桜色で統一されている。調度品はどれも手入れの行き届いた品でありながらも、アンティークのようだった。淡いピンクは姉の大好きな色で、この部屋を見たら姉がどんなに喜ぶか、目に浮かんでくる。

「桜子様が楓様とご一緒にマリー・アントワネットの映画を鑑賞された際、お部屋を見て憧れを示されたそうですよ。このようなことになって残念ではありますが、桜海様が来てくださって本当に嬉しく思っております」

「そんなふうに……言ってくださるのですか？　僕は男ですが……」

「上流階級の殿方が男色に興味を持たれることは、粋《いき》なことだと心得ますわ。私は乳母として長年お仕えしておりますが、篁様は手に入れると決めた物は絶対に手に入れる方です。まあ……今回は少し特殊な形にはなりましたけれども、同じことですわ」

梅代さんの口から、はっきりと男色という言葉を聞いて、僕は改めて自分の役目を自覚させられた。でも昨夜のように強いショックを受けることはない。少し胸がずきりとして重くなったけれど……ああやっぱりそうなんだな……と、思い知っただけだった。

それに、これから色々とお世話になる梅代さんには、全部知っていて貰った方が心安い。

一般の女性とは違う感覚を持っているこの人の前でなら、禁忌のように、重苦のように考えなくても済む気がした。

「──篁様って、どのような方なんですか？　堅苦しい席で二度お会いしただけなので、正直あまりわかっていません。お差支えのない範囲で教えていただけませんか？　本当はお電話で事前に伺いたかったのですが、直接お話しするべきだと思いまして、梅代さんにお会いする今日を待っていました」

「まあそうでしたの？　桜海様は篁様の特別な方になるんですから、遠慮なさらなくてもよろしいのに。篁様は……そうですね……二重人格者みたいな方……という感じですわ」

「……ぇっ？」

「もちろん病というわけではありませんが、我慢と我儘を極端に行き来しているのです」

「我慢と……我儘ですか……」

「ご存知の通り篁様は妾腹でありながら長男という複雑なお立場で、母君は日本最大手の醤油メーカーの会長令嬢……要するに裕福な民間人ですわ。比べて次男の楓様の母君は、没落した元公家華族の令嬢でした。先代はご結婚前からお二人と関係を持たれて、どちらが正妻になられるかという争いに敗れてしまった篁様側の一族は、それはもう……烈火の如くお怒りになったものでした。その後も、どちらが先に男子をお産みになるかの争いがありまして、ご兄弟はすべてに於て常に競わされたのです。恐ろしいことに、そういった競争は先代の望むところでもありました。特に篁様は大変な我慢を強いられ、その代わりにご褒美として、普通の人が想像もつかないような贅沢や我儘を叶えて貰っていました」

梅代さんの話の大部分は、元華族の間ではよく知られている話だった。姉に縁談が来てすぐに、父が「豆屋の娘が生んだ子か」と、篁様を蔑んだのを覚えている。

庶民になろうとしてもなり切れなかった父は、半分は民間人の血を持つ篁様より、楓様に姉を嫁がせたかったのだと思う。現在の状況は、父にとってみれば願ってもない幸運であり――息子を色子として差し出しても構わないという結論に至ったのだと考えられた。

「桜海様？」

梅代さんに声を掛けられ、僕はまたしてもハッと我に返る。

今は篁様の人となりについて話しているのであって、父の考えを探っている時ではない。自分がどう扱われたかということに、いつまでも拘るのはやめようと、僕は慌てて思い直した。両親や姉が何を思っているか、そんなことは関係ない。僕は誰に説得されたわけでも頼まれたわけでもなく、自分で決断したのだから。

「篁様は……ご自分を押し殺して忍耐強く総帥の役目を果たされ、その分ご自宅では我を通されるということですね？」

「はい、正にその通りでございます。桜海様にも我儘を仰るでしょうし、今は身代わりの花嫁のようで釈然としないことと思いますが、桜海様のように可愛らしい御方なら篁様もきっと大切にしてくださいます。ご寵愛を得られるよう、お祈りしておりますわ」

梅代さんはそう言ってから、部屋の説明を始めた。

この一週間、具体的には想像しないようにしていたことが、今の言葉によって抑えようもなく動き出す。ご寵愛……男の身で何をどうやってそんなものを得るのか、考えたくないのに考えてしまった。

篁様と口づけをしたり、裸で同じベッドに入って……女の人のように抱かれたりするのだと思うと、胃が収斂《しゅうれん》して気持ちが悪くなる。

僕がこれまでに読んできた本の中には、中年に買われる青年や、太った僧侶に買われる少年が出てきた。篁様はまだ三十歳……あんなに若くて美しい人の相手をする僕は、凄く幸運な方なのだと思う。でも、そう言い聞かせたところで気持ちはついていかなくて……梅代さんが部屋を後にしてからも、吐き気が治まらなかった。

独りになった僕は気を取り直そうとして、衣裳部屋の中を見て回る。

クローゼットなんて物ではなく、続き部屋が巨大な衣裳部屋になっていて、豪華過ぎる着物やドレス、上質なスーツや普段着に至るまで、完璧に揃えられていた。

ここはお店なんじゃないかと錯覚するような靴の棚は、見易く、取り出しやすい仕様になっている。もちろん全部姉のサイズに合わせてあり、帽子や靴やバッグも数え切れないほど用意されていた。

何より一番驚いたのは、鍵のついたアクセサリーケースの中身だった。

まるで宝石店のショーケースのようで、それでいてもっと厚い、特殊硝子でできているケースの中に、どう考えても数千万円から億単位のアクセサリーが収められている。

姉が桜色を好んでいるからなのか、淡いピンクの花珠真珠や、おそらくピンクダイヤと思われる宝飾品が多かった。

「……っ！」

僕はそれらを見ているうちに、急に……本当に突然に、自分の身勝手さに気づく。

この一週間、僕が考えていたのは自分と家族のことばかりだった。

一度だって、篁様の気持ちを考えたことがあっただろうか？

思い返してみても覚えがなく、僕は自分の冷たさに愕然とする。

あの人があまりにも自信に満ちているから、そして脅迫的な要求をしてきたから、僕はあの人の受けた痛みに気づけなかった。こんなにも姉を想い、姉の好みに合わせ、映画や夢の世界のような環境を整えてくださるほどに、あの人は姉を好きでいてくれたのだ。

それなのに僕は、彼がきっぱりと口にしていた「傷ついた」という言葉すら真に受けず、心のどこかで……篁様にとって今回のことは大した痛手ではないと、勝手に思い込んでしまっていた。

楓様と常に競う運命にあった篁様が、常盤小路家の跡取りとなって、グループの総帥の座を手に入れることには勝っても――婚約者を寝取られてしまったという事実。それが、篁様にとってどれほどの屈辱だったか、愛に破れてどんなに傷ついたか……そんな当たり前のことに思い至らなかった僕は、なんて心が狭く薄情な人間だろう。

自分一人で不幸を背負ったような気になって……家族を守るヒーロー気取りで、篁様の怒りや悲しみをちっとも考えていなかった。

「篁様……」

桜色でいっぱいの部屋を見渡して、鳩尾《みぞおち》を押さえる。

改めて覚悟を決めると、胃の痛みが少しずつ和らいでいった。

つらいのは僕だけではない……愛する女性を実の弟に奪われ、似た顔の男なんかで我慢しなければならない篁様も……つらく、苦しいのだ。お立場上そういう態度をなさらないだけで、本当は泣きたいくらいのお気持ちなのかも知れない。

それなら僕は、あの方を癒して差し上げたい。ただの慰み者として買われたのではなく、お役に立てことがあるのなら……未熟だけれど精一杯、心を入れてお仕えしよう。

いつか篁様に、慰み者以上の価値がある人間として認めていただけたら、その時は僕もまた……救われる気がした。


篁様が屋敷に戻られたのは、午後十一時を過ぎてからだった。

僕は梅代さんに言われるまま夕食や入浴を済ませて、桃色の長襦袢を着て待っていた。

本来なら姉が初夜に着る筈だった物を、男の僕が着て……お姫様ベッドに座っている。

梅代さんからは、すべて篁様にお任せして、何をされても逆らったり嫌がったりしてはいけないと言い含められていた。

それは元々承知の上で、僕は「はい」とだけ答えた。

桜色と白の可愛いベッドには、細かな編み目のフランスレースが掛かっている。

小物を少し置けるヘッドボードの上に、ロココ調のリモージュボックスが置かれていた。

掌サイズのそれを開けて中を覗いてみると、透明のゼリーのような物が揺れて見える。

何に使うのかわかった瞬間、体が震えて……心が真っ二つに分かれた。

今夜は篁様が帰って来なければいい、初夜なんて延期になればいい——そんな思いと、いっそ早く帰って来て何もかも終わらせてしまってくれという思いに、気持ちが揺れる。

「——……大丈夫だ……落ち着いて……」

ベッドに黙って座っているのがつらくなって、僕は姿見の前に移動した。

化粧を落とした時の姉に似ていて……けれどもっと澄ました印象を与えるらしい顔が、情けない表情を浮かべていた。

シャンデリアの灯りは落とされ、ベッドの横にあるランプの光だけが点いていて、部屋は薄暗い。白熱灯の光と桃色の長襦袢のせいか、頬がほんのりと紅く見えた。でも本当は、青ざめているのかも知れない。

僕は心の中で何度も何度も「大丈夫」と繰り返し、深呼吸した。

男色は日本書紀の中にさえ見られ、どの時代の文化にも登場する。僕よりも遥かに幼い少年が、性の対象になっていた時代だってある。僕も篁様も華族の末裔であって、現代の一般の人よりは、そういう文化に近い所に居るんだと……だから、普通の感覚で考えないように、特別だと思わないように、必死に言い聞かせて落ち着こうとした。

「！」

コンコンと、扉をノックする音が聞こえて、梅代さんの声で「桜海様、篁様がお戻りになられました」と声を掛けられる。

返事をするとすぐに扉が開けられ、梅代さんの手と、篁様の姿が見えた。

黒に近い濃灰のスーツ姿で、一人だけ部屋に入ってくる。

「ただいま、待たせたね」

篁様は鏡の前に立ち尽くす僕に、ほどほどに愛想の良い声でそう言った。

そしてすぐに後ろを向き、「梅代、明日はいつも通り五時に起こしてくれ。ここか自分の部屋か、どちらに居るかはまだわからない」と意味深に告げる。

梅代さんは「承知致しました」とだけ答えて、手以外は殆ど見せずに扉を閉めた。

「お、お帰りなさいませ」

言い遅れてしまったことを早速の失態だと思いながら、僕は焦って声を上擦らせる。

近づいてくる長身の彼を前にすると、視線が徐々に上がっていった。

篁様の身長は僕より二十センチ以上も高く、靴を履いている今は、一九〇センチくらいあるのかも知れない。

ネクタイは緩めておらず、髪もスーツも革靴も、すべてが艶やかで整っていた。まるでファッション誌から抜け出してきたような……むしろテレビでファッションショーを観ているような感覚だった。

歩き方までスマートで華があり、十歩ほどの間に見惚れてしまう。

こんなに凜々しい人の前で、桃色の長襦袢を着ている自分が滑稽だった。

篁様も同じように感じ、僕を……気色の悪い女装男だと思っていたらどうしようかと、心配になる。期待外れでその気になれないと言われて愛想を尽かされ、追い出され、今更親元に帰されるのはあまりにも惨めだ。

「男の身でそんな恰好をさせられて、少女趣味な部屋で暮らすのはどんな気分だ？」

篁様は梅代さんが居た時とは異なる口調と表情で、僕を見下ろす。

真正面に立ちながら、好奇な物でも見るような目をした。

「——……どんな、気分と言われましても……あの……っ」

「つまらん反応だな、歯切れが悪くてイライラする」

篁様は鏡の横にあった椅子に座ると、呆然とする僕に向かって片足を突き出した。

左右均等に結ばれた靴紐が、僕の手元で揺れる。

「こっちは疲れて帰って来てるんだ、もっと気の利いた行動はできないのか？　ほら……脱がせろ、いつまで俺に靴を履かせている気だ？」

「は、はい……っ」

服を脱げと命じられることはあるかも知れないと、僕はそれなりに覚悟していた。でも靴を脱がせろと命じられるとは思わず、驚いて声が裏返ってしまう。それでも体は勝手に動き、足を床に下ろした篁様に合わせて、跪くしかなかった。

僕は長襦袢の裾が割れないよう気をつけながら、両足の靴紐を解く。

そして革靴の踵を掴むようにして、一足ずつ丁寧に脱がせた。

これまでは誰かの世話などしたことがなくて、自分のしていることに戸惑いがあった。いや、戸惑いとは少し違うのかも知れない。正しく動けているのか自信が持てなくて、不安に駆られるくらいに、未知の——特殊な行為をしている感覚だった。

「靴下もだ。一度履いた物は捨てるから、畳まなくていい」

「はい……」

猫脚の瀟洒《しょうしゃ》な椅子に座っている篁様の顔を見上げようとした僕は、姿見に映った自分の姿に目を留める。

白い家具と、桜色の織物でいっぱいの……少し薄暗い部屋の中で、男性の足元に跪いている自分――それはやはり特異な光景だった。

「靴下、捨ててしまうんですか？　勿体ないですね、こんなに上等な品なのに……」

「やめろ、その言葉は二度と口にするな」

「す、すみません」

「俺の嫌いな言葉を教えてやる。『勿体ない』『安物』『傷物』『出来合』『節約』だ」

「はい……覚えておきます」

僕は篁様に叱責されたことにも、彼が「私」ではなく「俺」と言ったことにも怯えた。

心臓が激しく鳴っているのがわかったけれど、どうにか靴下を脱がし終わる。

それはイニシャルが小さく刺繍された上質な品で、おそらく数千円から一万円近くする物だと思った。

いくら裕福であっても、必要に応じて豪華なドレスや宝石を身に着けていても、華族もやはり日本人であり――物を大切にし無駄な贅沢をしないのが美徳だったと、僕は両親や親戚から教わっている。うちが貧乏だったからではなく、裕福でもそうだと信じていた。

篁様のこういう気質は、母方のお家の習慣なのだろうか？　とても好きにはなれない、所謂《いわゆる》……成金のやり方だと思った。

「今、俺を成金だと思っただろう？」

「！」

篁様は椅子の上でふんぞり返って、そのまま頭を後ろにぐらりと落とす。しかも椅子をギシギシと揺らすので、後ろにひっくり返らないかと心配になってしまった。そもそも、椅子はアンティークな上に華奢な物で、壊れるんじゃないかとハラハラさせられる。

「この屋敷を一歩出た途端、俺はそれなりのエコロジストだ。グループを挙げて太陽電池事業を推進し、緑化事業にも熱心で世界中に木を植え捲っている。社用車はもちろん全部エコカーにした。国内外を問わず、ありとあらゆる寄付も欠かさない――どうだ、少しは見直したか？」

「……っ、申し訳ありません」

「嫌いな言葉に『成金』は入れていない。事実、母方は千葉の醤油成金だ。成金にすらなれない貧乏人になんと言われようと、妬みと判断して気にしない主義を貫いている。靴下の次は時計、それからネクタイとベルトだ。さっさとしろ」

「はいっ」

僕は動揺のあまり、皇様が喋る速度に頭をついて行かせることさえできず……小刻みに震えてしまう手で腕時計に触れた。「失礼します」と言って、プラチナのベルトを外す。

衣裳部屋にあった婦人物の腕時計が、ダイヤモンドだらけの物だったので、そういった華美な品を身に着けているのかと思っていた。

でも実際は違っていて、最高級ブランドの受注生産品ではあったけれど、貴石を使っていない若者向きのスポーツウォッチだった。

普通のサラリーマンでも、物凄く頑張れば手の届きそうなこの時計なら……マスコミにカメラを向けられて映されてしまっても、誰かに眉を顰められることはないだろう。

「ネクタイを……外します」

僕は腕時計をローチェストの上に置いてから、ネクタイを外そうとする。

床から立ち上がって顔の近くに手を伸ばすのは、緊張の高まる行為だった。

篁様は相変わらず仰け反って椅子をぐらぐらと動かし、喉笛を晒している。

整っていた髪も後ろに流れてしまっていたけれど、僕はなんだかそのお姿に……とても切なくなった。梅代さんから事前に話を聞いておいて、本当に良かったと思う。

そうでなかったら、この人が背負っているものの重みも、彼の二面性の意味も、少しもわかりはせずに……おかしな人だと思ってしまっただろう。

お金がいくらあっても、本当はどう考えていても何を好んでいても、この人は一歩外に出れば公人も同然で——母方の一族の期待通りに総帥の座に就いたからといって、それで戦いが終わったわけではない。今は世間相手のより大きな戦いに身を投じ、多くの社員とその家族の生活、日本の経済までも背負って生きている。

家の外と中で、我慢と我儘を極端に行き来したからといって、誰が責められるだろう。

「——……上手く、解けなくてすみません。苦しくなかったですか？」

僕はネクタイがスムーズに解けなかったことを謝りながら、それを丸めて片づける。

次はベルトと言われていたのは覚えていたけれど、早く首を楽にして差し上げたくて、シャツの釦を二つ外した。

「次はベルトでしたね……」

篁様は何も言わずに、天井に向かって思い切り息を吐く。

顔の輪郭や首筋のライン、そして鎖骨が、くっきりとしていて綺麗だった。

ベルトを外すのは少し恥ずかしかったけれど、本当にお疲れなのだと思うと、躊躇《ためら》ってなどいられなかった。続き間の浴室には入浴の準備ができているから、篁様はこれからお湯に浸かられる筈だ。一刻も早く寛いで欲しい気持ちが、余計な迷いを掃ってくれた。

「上着、シャツ、それからスラックスだ。何故順番を指定するかわかるか？」

「――……美意識の、問題でしょうか？」

「その通りだ、間違えないよう覚えておけ」

「はい、承知しました」

「靴が一番先なのは、何故だかわかるか？」

「……洋館に住んでいても、やはり日本人だからでしょうか？」

椅子から立ち上がった篁様は、「正解だ」と言って少し笑う。

笑顔と呼べるような表情ではなく、怖いくらい意地悪そうに見えたけれど、僕の回答を認めてくれたことが嬉しかった。


篁様の入浴中、僕は再びベッドの上に座って待っていた。背中を流せと命じられるかも知れないと思い、いつ呼ばれても聞き逃さないよう、耳を澄ませておく。

着替えの最後に見た篁様の下着姿が、目に焼きついて離れなかった。

体にフィットした、スイムウェアみたいなやや長めのボクサーパンツは、同性の目から見てもセクシーな感じで……こういう状況なだけに、股間の膨らみに目が行ってしまった。

それでも僕は男だから、下着姿くらいなら正視に耐えられないわけではないけれど……

これが姉だったらどうしていたんだろうと考えてしまう。

「あ……っ」

僕は自分と姉を置き換えて想像しようとして、馬鹿な話だったと気づく。

そうだった、姉は妊娠しているのだから……つまり、楓様とそういうことをしたわけだ。

楓様の下着姿とかも見たかも知れないし、きっと中身だって見ただろう。

悲鳴を上げたり、青ざめたりしなかったんだろうか？

ああ……そうか……姉には僕がいるだけマシだったんだ。

住まいの都合でずっと同室だったから、着替え途中を見られてしまったことはあった。

逆に、見てしまったこともある。

姉の下着姿と楓様の下着姿を想像すると、なんだか生々しくて気分が悪くなった。

「おい、何をボケッとしてるんだ？」

バスルームに続く扉が開いていたことに気づかず、僕は篁様の声に全身で反応した。

耳を澄ませていた筈だったのに、いつの間にかぼんやりしていたらしい。

「すみません、あの……何をすれば……っ」

「スリッパが遠い」

入浴後に履くスリッパは、浴室前の一段高い床のすぐ下に置いてあったけれど、扉から二歩ほど歩かなければならない。床は大理石なので滑りかねないし、冷たそうだった。

「気が利かなくて申し訳ありません。どうぞ」

僕は床に跪いて、入浴後専用の吸水性の高いスリッパを段の上に置く。

篁様は扉の内側にあるバスマットの上に立った状態から、スリッパの中に足を入れた。

一九〇センチ近くあるだけに、改めて見ると驚くほど大きい足だったけれど、サイズはぴったりだった。そして引き締まった足首と脛が続き、その途中から上はワインレッドのバスローブに覆われている。見るからに肌触りが良さそうで……でもわりと薄手の物で、とても良く似合っていた。

「桜海――今更だが、話し相手で済むなんて思ってないだろうな?」

篁様は一段高い位置から、床に跪く僕を見下ろす。

裸に近い姿を目にして想像がリアルなものになったことによって、僕の中で、姉の罪は大きくなっていた。自分の婚約者が他の男と裸で抱き合い、愛し合い、子供まで作ったという事実……その裏切りが篁様にとってどんなに大きな傷であったかを考えると、否定の言葉なんて向けられる道理がない。

僕は決して裏切らず傷つけず、篁様の怒りや悲しみを少しでも和らげられる存在になりたいと、思い始めていた。

「はい、不束者《ふつつかもの》ですが……姉に代わってお務めさせていただきます」

「拍子抜けだな、お前にはプライドがないのか？」

「……っ」

「一見気高く取り澄まして見えるのに、姉以上に気骨がない。本当に男か？　そもそも、綾之杉家は常盤小路家の主君だった筈だ。勲功《くんこう》華族の我々とは格が違うだろうに」

篁様は一段高い所から下りて床の上を歩き、ベッドではなく鏡の方に向かう。

先程まで座っていた椅子に手を掛け、座りはせずに背凭れのカーブを撫でた。

僕は裾を押さえながら立ち上がり、篁様の後ろ姿を追う。

表情は鏡に映って見えるものの、機嫌が良いのか悪いのか、判断するのは難しかった。

「それは、曾祖父の時代までの話です。僕が産まれた時にはもう、綾之杉家は借金塗《まみ》れで火の車でした。それに常盤小路家は大正時代に公家華族の姫君を迎えられ、篁様には尊い血が流れていると伺っています。財力を別にして考えても、僕達は足元にも及びません」

「お前の母親と姉も、見合いの席で似たようなことを言っていたぞ」

「はい、僕達は皆……同じ考えで篁様を敬っています」

「口では何とでも言える、お前の姉がいい例だ。貧しくとも美しく、嫋《たお》やかに育った天然記念物級の令嬢かと思えば、結納まで終えた身で楓に絆《ほだ》され、股を開いて喘いだわけだ」

「――……篁様っ」

「女は怖いよな、そう思うだろう？　親を騙して結婚準備と称して楓と出かけ、ホテルにしけ込んでセックスに溺れていたわけだ……ああ、それとも俺がそう思っているだけで、本当は違うのか？　親公認、弟公認だったりするのかもな。金もないのにプライドの高い綾之杉家の人間には、醤油成金の血を引く俺よりも楓の方が数段良かっただろうからな」

「……っ、あ……ぅ」

僕が近づいて行くと、篁様は突然手を伸ばしてきた。

桃色の長襦袢の衿元を引っ掴まれ、締めるように持ち上げられる。

苦しくて……今にも踵が浮いてしまいそうだった。

「……ぅ、ぅ……っ」

僕が苦しがるのを見て、彼は目を細める。

愉しんでいるかのように、口端も上げた。

「人間はそう簡単に妊娠するものじゃない。あの女は楓の前で何回股を広げたんだろうな。お前もそうやって殊勝な顔をしながら俺を見下し、屈辱に耐え抜いているのか？　お前は男だからな、俺といくら寝たところで民間人の血で綾之杉家の血を汚すこともない。お家再興のために歯を食い縛って耐えろと……親に頼み込まれたか？」

「……っ、違います……」

「何が、どう違うんだ？」

「姉の不貞は家族の誰も知らないことでした！　それに、僕は今っ……篁様を見下してないませんし、屈辱なんて少しも感じていません。ただただ……姉の行為が恥ずかしく、申し訳なく……貴方を……お慰めできるなら、何をされても……僕は構いません」

締めつけは徐々に緩められていき、解放され、僕の足はスリッパの上に落ち着く。

ベッドの横にあるランプの灯りが、鏡の中でも光っていた。

物が映るように自分の言葉も跳ね返ってきて、頭の中で反響する。

「……信じて、ください……本当です」

自分が発した言葉に後悔も疑問もなく、僕は今ここにこうしていられることを良かったとさえ思っていた。

もしも僕が姉にそっくりではなかったら……姉をあんなにも想いながらも「あの女」と呼ばずにはいられないほど傷ついている篁様を、お慰めする機会は得られなかった。

篁様の痛みを感じることもなく、今この瞬間、ここで独り苦しまれている彼の気持ちを知らずに、家族と自分のことばかり考えてのうのうと過ごしていたに違いない。

そんな無神経で酷い人間のまま終わらずに済んだこと――そして怒りに苦しむ篁様を今、独りぼっちにしないで済んでいることを、本当に良かったと思っていた。

「……あの、僕は……経験がなくて、どうお慰めすれば良いのかわかりません。ですが、この気持ちは本当です。どうか、お気の済むようになさってください」

薄暗いような……でも鏡の反射でそれなりに明るいとも言える部屋の中で、僕は崩れた長襦袢の衿を握り締める。口で言っていることとは逆に、胸元を隠すような形になってしまったけれど、心は決まっていた。

篁様が受けた苦痛に比べたら、背負うものなど高が知れている僕の痛みなんて、無いも同然のものだ。

「屈辱なんて少しも感じていないと言ったな」

「はい」

「俺に何をされても屈辱を感じずにいられる自信があるか？　もし本当にそうだとしたら、お前の言葉を信じてやる」

篁様は僕の顔を見下ろしたまま、椅子に触れる。背凭れを掴んで軽く持ち上げ、それをくるりと回すようにして方向を変えた。

姿見に向かって置かれた椅子の前面が、鏡の中に映り込む。

「はい。姉の不始末を本当に申し訳なく思い、かつ貴方を尊敬しているので、屈辱なんて感じません」

ベルサイユ宮殿にあるような、華美で可愛らしいピンク色の椅子を、篁様は軽く叩いた。

そして僕に、「座れ」と命じる。

僕はもちろん、速やかにその通りにした。

「俺は一日中、他人の笑顔を見て生きている。何故だかわかるか？」

篁様は鏡に向かって座っている僕の後ろに立ち、椅子の背凭れの上に肘をつく。

本物の灯りと反射の灯りに挟まれたその姿は、輪郭が強調されて鮮麗に見えた。

「皆、貴方に感謝しているからでしょうか？」

「そんな奴らは半分にも満たない。感謝しているのではなく、感謝できる状況を求めているから笑顔を見せる。俺に愛想を良くしておけば、あわよくばいいことがあるかも知れないと、期待している目で媚び諂《へつら》っているわけだ」

「篁様……」

「そんなものを毎日見ていると反吐《へど》が出そうになって、暴れたくなる。庶民的に言うなら卓袱台《ちゃぶだい》をひっくり返すというやつか？　誰もが唖然として、常盤小路の総帥はこんな最低な奴だったのかと、失望させたくなる。だが実際にそうもいかないから面白くない」

篁様は鏡の中の僕を見下ろしながら、肩に触れてくる。

大きな手はゆっくりと衿の間に入ってきて、僕の鎖骨をするりとなぞった。

「……っ、ぁ」

「つまらん笑顔を見飽きている俺が、今ここで見たい顔はなんだと思う？」

普段なら、問われれば答えようとして思考が動き出すけれど、僕は動揺のあまり考えることができずにいた。椅子に座ったまま胸に触れられて、肩がひくっと上がってしまう。

「――泣き顔だ」

「ひっ、ぁ……！」

男の胸にあっても無意味な乳首を、思い切り抓られて悲鳴を上げてしまった。

逃げてはいけないと思っても体が勝手に動き、スリッパを蹴るように脱いでしまう。

背中は背凭れから離れ、腰は今にも浮き上がりそうだった。

「小さく整った顔に、貴族然とした表情――穢《けが》れを知らない純真な瞳。眉の形も鼻の形も、耳の形も好みだ。歯並びも美しく、唇は小ぶりだがふっくらとして特にいい。毛艶も良く、肌質は抜群。お前のような『お姫様』を屈辱に塗れさせて泣かせたら、愉しめそうだ」

僕は篁様に乳首を摘まれたまま、続けられた言葉に困惑していた。

褒められているのだろうか……と一瞬図々しいことを思ったけれど、列挙されたものは姉と似ているものばかりで、僕だけのものではない。僕を「お姫様」と呼び、僕に屈辱を与えて泣かせたいというのならそれは、姉に裏切られた腹いせなのだろう。

「何を……すれば……」

「そうだな……まずはそのまま足を広げて貰おうか。お前の姉が、俺以外の男の前でそうしたようにな」

僕は篁様の言葉に返事をせず、俯いたまま膝と膝を離した。

胸を弄られ続けて頭がくらくらとする中で、椅子の肘掛けに腿がぶつかるまで広げる。

梅代さんに言われて、下着は身に着けていなかった。

あまり開くと目の前の鏡に股間が映り込んでしまいそうで、恥ずかしくて怖くなる。

「椅子に浅く座ってから背凭れに首をつけ、足を上げろ。肘掛けに腿を引っ掛けるんだ」

「……ぇ？」

「俺とどういうことをするか、覚悟の上でここに来たんじゃないのか？　俺が抱く価値のある体かどうか、よく見せてみろと言ってるんだ。平らで興醒めな胸しか持ってないんだ、せめて少しは面白味のあることをして見せろ」

篁様は僕に信じられないような命令をすると、バスローブに覆われた腕を僕の首に引っ掛ける。首を締められはしなかったけれど、俯いていた顔を上向かされた。

「ほら、早くしろ。股間の物も、後孔も全部見せるんだ」

「――……っ、ぅ」

とても、はいとは言えなかった。

ベッドの中で裸にされ、そういう所を見られることは想定していた。

でもこんなふうに、鏡に向かって椅子の上で足を開けと命じられるなんて、予想できる筈がない。これまでに読んだ文学書の中には、少年を縄で縛って薔薇で鞭打つ物も確かにあったけれど……好きで読んだわけではなく、嫌悪感を覚えて途中でやめたくなったはどだった。

「……こ、これで……許して、ください」

僕は篁様に言われた通りにはせず、椅子に深く腰掛けた状態のまま踵を座面に乗せる。

鏡に目を向けなくても、長襦袢が完全に開いて膝が突き出しているのがわかった。

体育座りに近い状態で……股間の物も恥毛も、全部映ってしまっている気がする。

「ふうん……まあ、ほどほどか。お子様ではあるが、罪悪感が湧かない程度で良かったというところだな。だがそっちはどうでもいいんだ。俺が使うのは後ろの方だ、わかってるだろう?」

「――……っ」

「返事は?」

「はい……わかっています」

「それなら見せろ。腰を前にずらして、鏡に向かって突き出すんだ。足は外側に放り出し、肘掛けを跨ぐようにしろ」

彼はそう言うなり僕の首を解放して、肘掛けの先端をかつんと弾く。

胸に忍ばせた手はそのまま……しばらく止まっていた指を動かし始めた。

「……はっ、ぁ……！」

男の乳首が、触れられてこんなに変化するものだとは思いもしなかった。

篁様に摘まれた左側だけが、周囲の皮膚ごと張り詰めるみたいに硬くなっている。

こりこりと鳴りそうな弄り方をされると、その度に快感が……股間に向けて伝達された。

今、自分が気持ちいいという感覚を得ていることを否定できないまま、僕は足を上げる。

腰を少し前の方にずらして、肘掛けを跨ぐように大きく開脚した。

「――……く、ぅ……っ」

見たくない姿を鏡の中に認めると、目頭が熱くなる。

篁様の希望通り、すぐにでも泣いてしまいそうだった。

「部屋が暗くてあまり良く見えないな、処女のような色をしているのかどうか、しっかり見てやりたかったのに。シャンデリアを煌々《こうこう》と点けるとするか」

「やめてください っ！　お願いです……それだけは……っ」

「そう言われるとやりたくなるんだが、あまり明るくすると目が疲れる。それに美的ではないな、無粋だ」

篁様は独り言のように言うと、僕の胸元からスッと手を引く。

そして踵を返し、ベッドの方へと歩いて行った。少しだけ物が置けるヘッドボードから、小さなリモージュボックスを手に取る。

潤滑ゼリーの入っていた、あのボックスだ……。

「シャンデリアを点けるのを勘弁してやる代わりに、音で俺を愉しませろ。これを指先にたっぷりと塗って、後孔を拡げるんだ。いやらしい音を立てながら――」

嫌な予感でいっぱいの僕の後ろから、彼はリモージュボックスを差し出してくる。

蓋はすでに開かれていて、とろみのあるゼリーが月を映す泉のように光っていた。

もしも許されるなら、「嫌です」と言いたかった。

でも、僕はもう心を決めたのだから、篁様を慰めるために必要な準備を、嫌がっていい筈がない。

「――……」

せめてもの抵抗で、無言のままゼリーに触れた。

指にぺったりと絡んでくるそれを、零さないよう慎重に股間に向ける。

鏡を見ると、先程まで弄られていた左の乳首が、長襦袢を持ち上げる勢いで勃っていた。肘を掛けるべき所に、はしたなく腿を乗せている恰好は本当に酷くて、喉がひくついて涙が込み上げてくる。

秘めた所をこんなふうに晒すことにどんな意味があるのかを考えながら、僕はゼリーのついた指を後孔に当てた。

「……っ、ぅ」

冷たくて、恥ずかしくて、全身に鳥肌が立つ。

鏡に映る篁様は、椅子の背凭れに肘を乗せながら立ち、愉快げな顔で見物していた。

少しは愉しそうに見えたから、僕は……自分のしていることの意味をようやく感じる。

腹いせであれ、復讐であれ、無意味ではないのなら……男の僕でもそれなりに愉しんでいただけるなら、こうしている意味はあるのだと気を張っていられた。

「表面に塗り込んだら中に指を入れろ。その顔には不似合いな、卑猥な音を立てるんだ」

「……っ、はい……ぁ、ぁ……！」

命令と同時に長襦袢の上から乳首に触れられ、僕は甘ったるい声を出してしまう。

普段は存在すること自体を意識していなかったそれが、こんなに気持ちいいなんて知らなかった。

滑る絹の上から擦られると、直接摘まれた時とは違う感じがして、じれったいような、くすぐったいような感覚に体が解れていく。

「——……ぅ、ぅ……」

ゼリー塗れの指を一本、後孔の中に挿入してみた。

意図しなくても内臓が抵抗して、そこは入れる所ではないと訴えてくる。

指の力を抜くとすぐに押し出されてしまい、チュポッ……と、間の抜けた音がした。

「もっと奥まで入れて掻き混ぜろ。一本では拡げられないだろう？　まずは二本だ」

「はい……頑張り、ます……っ」

鏡の中の自分の姿が、涙で滲んでよく見えない。

映り込んだランプの光ばかりが眩しく見えて、篁様の表情もわからなくなっていた。

それによって自分が自分ではなくなっている気分になり、傀儡《くぐつ》のように手を動かせる。

片手で後孔の真横を押さえながら、指を二本……揃えて挿入した。

「……んっ、ぅ……っ」

ゼリーのお蔭で痛みはなく、違和感だけが襲ってくる。

体は必死に異物を押し出そうとするけれど、本気になれば指の方が強かった。

第二関節まで挿入した途端、「根元まで入れろ」と言われ、僕はその通りにする。

「あ……っ！　う……ぁ」

思わず、思い切った喘ぎ声を出してしまった。

指を根元まで入れると、なんだか急に体がおかしくなる。

股間でぐったりと萎えていた物がじわじわと硬くなっていって、勃ってしまうのを抑えられなかった。指を止めてもそれは変わらず、体の奥に特別気持ちのいい点があることに気づかされる。

「そのまま、いい所を片手で突き捲れ。音が立つくらい激しくするんだ。そうしながら、勃起したそれを扱き上げろ」

「——……そんな……っ」

「やったことがないわけじゃないだろう？　楓から聞いたが、お前の家では二段ベッドを使っていたそうだな。お前は上、姉は下だそうじゃないか。寝ている女の上で、いったいどんなふうに扱くんだ？　勢いよく射精して、低い天井を汚したりはしなかったか？」

「ひっ、ぅ……っ」

篁様はククッと嗤いながら、僕の乳首を摘んだ。

絹で滑って一度は逃げたそれを、また捕まえてぐりぐりと弄ってくる。

潰したり、深く凹ませたり、そうかと思うと勃ち切った状態で表面を優しく撫でたり、そうしながらさらに……身を屈めて僕の耳を齧った。

「うっ、ぅ……痛っ……！」

「――ほら、手が止まっているぞ。姉の不貞の詫びに、俺を慰めたいんだろう？　こんなこと、屈辱でもなんでもないんだろう？　それとも今から、『僕は口だけの人間でした。貴方こそ独り淋しくやってってください』とでも――俺に言ってみるか？」

「……っ、ぁ……」

齧られた耳朶を舌先で突くように揺らされると、どうしても声が漏れてしまう。

篁様の声が耳に直接入ってきて、神経が逆立つような快感に気が遠くなった。

元々、ご兄弟揃ってとてもいい声をしていらっしゃるとは思っていたけれど……耳朶に触れるほど近くで聞くと、危険な薬みたいな声だ。

体の力が抜けてしまい、抗えない言霊《ことだま》のように感じられる。

低くて、男らしいのに色っぽい声に、心臓が激しく騒いだ。

「ほら、早くしろ。中を弄りながら、自慰に耽《ふけ》るんだ」

「――……っ、ん……！」

僕は命じられた通り、二本の指で後孔の奥を掻き混ぜる。

そしてもう片方の手で、屹立している分身を上下に扱いた。

篁様が、独りで淋しくなさるなんてことは想像もできない。

もしも姉に似た僕がいなければ、美しい女性を侍らせるだけだろう。

でもこの人は、男の僕をご所望された……それくらいに、姉を想っていたということだ。

身重の姉が償うことはできないのだから……代わりに僕が、やらなければならない。

「は……ぁ、ぁ……っ！」

傷ついた篁様を癒して差し上げることは、僕自身の意思でもある。

そう考えれば、こんなことくらい耐えられる。

とてもとても恥ずかしいけれど……婚約者を弟に奪われた篁様の屈辱に比べたら、遠く及ばないことだ。

「指を三本に増やせ。しっかり拡げておかないと流血沙汰になるぞ」

「ん……っ、ぅ……っ……は、い」

僕は欲望を扱く手を徐々に速く動かしながら、後孔に入れる指を増やした。

流石に三本はきつくて、これまで感じていた違和感に痛みが混じる。

でも、同時に増す快感もあった。

気持ちがいいことを人前でするのは正直怖くて、酷く恥ずかしい。

自分が自分ではないものに変わる感覚が、より強くなっていった。

「は……っ、ぁ……っ、ぅ」

躊躇うより早く、体が勝手に開く。

揃えた指をグチュグチュと出し入れしているうちに、腰が座面から浮いてしまった。

後孔の中の、いい所と……これまで一度も経験したことがないくらい硬くなった分身、触られなくても勃起する右の乳首と、篁様に弄ばれて凝固し過ぎた左の乳首――もう……何がなんだかわからなくなって、全部が繋がっているみたいで……体が浮いてしまう。

座面から離れたお尻の間から、水っぽくなったゼリーが滴り落ちていった。

長襦袢だけならともかく、このままでは高価な椅子を汚してしまうとわかっているのに、手を止めることができない。

僕は篁様の命令を超えるくらいの勢いで、自分の中をぐちゃぐちゃに突いた。

奥で指を広げると気持ち良くて、関節を立てて掻き混ぜると……もっと良くなった。

「――……はっ、ぁ……あ――……っ！」

手で扱いていた物を、強めに握り切ったその時だった。

絶頂が……駆け上がるというよりは破裂する感じで先端から溢れ、抑えられなくなる。

これまで数回経験したことのある自慰とは、まったく違っていた。掌で蓋をすることもティッシュで押さえることもできずに、自分の胸元に向けて射精してしまう。

「……ぅ、ん――……っ！」

声だけはいくらか堪えたけれど、生温かい物が顔にまで掛かった。

顎の下や首、そして顔の上にまで降ってきて……肌の上を滑りながら冷えていく。

唇にも掛かっていたようで、青臭い匂いが鼻腔を掠めた。

「は……っ、ぁ……は……ぁ……っ」

「おいおい、達《い》っていいなんて許した覚えはないぞ。処女のくせに主人を差し置いて先に達くなんて、無礼で勝手な花嫁だな。しかもこんなに汚して……はしたない限りだ」

「す、すみませ……っ」

「顔まで飛ばして、随分と元気じゃないか。俺に見られながらするのはそんなに良かったのか？　それとも、後ろを弄ると正気も吹っ飛ぶ――天性の淫乱か？」

「……は、ふぁ……っ！」

篁様は背後から囁いてきて、僕の耳朶を齧る。

そして顔に付着した精液を指で掬い、謝罪の隙さえ与えてくれずに、口に入れてきた。

「――……ぅ、ぐ、ぅっ」

「ほら、舐めて綺麗にしろ。自分の味はどうだ？」

「んぐ……っ、ぅ……や、ぁっ」

「苦くて不味《まず》いと言いたげだな……自分の物で音《ね》をあげていてどうするんだ？」

頬や顎から掬った精液を唇に塗り込められ、舌の奥へと運ばれて……味覚も嗅覚も青いそれでいっぱいになる。篁様の指が喉奥に当たると、嘔吐《えず》くのを堪えるのがやっとというくらい苦しくなった。

「――……っ、ぐ、ぅ――……っ」

「中に入れた指は抜くな、もっとよく解すんだ」

体が、篁様の言葉通りに動くロボットみたいになって、言われた通りにしか動けない。

僕は鏡に向かって足を広げたまま、後孔に三本の指を突き立てていた。

達しても治まり切らない屹立が吐精を繰り返し、衿との間に透明な糸を引いている。

「は……ぁ、は……っ、ぅ！」

奥を突けば突くほど、精液が溢れてきた。

まるで押し出されるみたいに、これでもかとばかりに噴き上がる。

白く透明ないやらしい汁に混ざって……時々、塊みたいな物まで零れてきた。

「その調子だ。処女は清潔感があって好ましいが、面倒くさいのは御免だからな。俺を楽々と迎えられるくらい拡げるんだ。指を四本に増やせ」

「――……んぅ、っ……ぅ――っ！」

無理だと思いながらも指示に従い、僕は小指まで後孔に潜り込ませる。

歯を食い縛りそうになったけれど、篁様の指を噛まないように気をつけた。

狭かった後孔はだいぶ拡がって、外も中も柔らかくなった感じがする。

痛みがありながらも、緩まっていく実感に少し安心した。

そうならなければこの後、激痛に苦しむと思ったし、篁様を愉しませることも、癒すこともできないと思った。それに……男で、しかもただの身代わりなのに、面倒くさい奴だなんて思われたくなかった。

「……っ、ん……ぅ」

僕は自分の後孔を限界まで拡げながら、口の中にある長い指を吸っていた。

もう精液の味はしなくなって、篁様の指の味がする気がした。

この人に会ったのは三度目だけれど、今、粘膜に触れている爪がどんなに綺麗か知っている。指や手の形に品性や知性があって、皮膚が滑らかで美しいことも知っている。

だからなのか……口の奥まで入れられても、そんなに嫌ではなかった。

「んっ、ぅ……く……ふ……っ」

「――……おしゃぶりは巧いな、いい具合に絡みついてくる」

「……っ、ぅ」

「指をしゃぶるのはもういい、突っ込んだ自分の指も抜いていいぞ。それ以上やるとまた達ってしまいそうだからな。ほら……出したばかりなのに、もうこんなだ」

「んぅ――……っ、か……は……っ」

篁様は僕の口から指を引き抜き、唾液に濡れた手で屹立を指差す。

触れることはなく、てかてかと光っている先端を見て鼻で嗤っていた。

僕が指示通りに後孔の中の指を抜くと、ヌポッ……と、とても卑猥な音が立つ。

とろりと溶けたゼリーが流れ出て、座面に落ち着いた体がぐっしょりと濡れた。

椅子が汚れる……ちらりとそう思ったけれど、本気で気にしてなどいられない。

「椅子から下りて床に膝をつけ。鏡に半身を向ける形でな」

「は、はい……」

僕は精液と唾液に濡れた口元を拭い、片足ずつ肘掛けから外した。

そうして普通に座った状態から、崩れるように床に落ちる。

わざとそうしたわけではなく、いつの間にか痺れていた足がいうことをきかなかった。

「あ……っ、ぁ！」

床の上で膝立ちになった途端、強引に帯を解かれる。長襦袢の帯は元々解き易いように結んであって、見る見るうちに剥ぎ取られてしまった。

「両手を後ろで揃えろ」

「……っ、篁様っ？」

身を屈めた彼は帯をピンッと鳴るほど突っ張らせており、拘束されるのだとわかる。

何でも言われた通りにしているのに、縛られるなんて思いも寄らなかった。

「……っ、痛……ぅ、何故……縛るんですか……？」

篁様は僕の両手を縛りつけ、余るほど長い帯を首に回す。

今のところはまだ遊びがあったけれど、暴れたり手を下に動かしたりすれば、首が締めつけられて苦しくなるのは明らかだった。

「そうやって俺にいちいち訊く前に、何故だか自分で考えているか？　頭がついてるんだ、考えてもわからなかった時だけ質問しろ」

皮肉っぽく言いながら姿勢を正した篁様は、僕の前に移動する。

そしてスリッパから片足を抜くと、膝立ちになっている僕の腿に足の裏を当てた。

帯を解かれた長襦袢は大きく開《はだ》けており、僕の恥ずかしい昂りが――真横の鏡に映っているのが視界の隅でもわかる。

「――……僕が、逃げると……思っているからですか？」

「まさか、お前が逃げるわけがないだろう。こんなに浅ましい体なのに」

「ふっ、ぁ……っ、ぁ！」

屹立していた物を足の裏で、そして足の指で扱かれて……僕は前屈みになった。

でも、その途端に首が締まって苦しくなる。

結局顔を上げ、鏡から目を逸らして耐えるより他になかった。

「は……ぅ、ぁ……っ……！」

「そういう顔が見たいからだ。苦しそうで嫌そうで、痛そうで……そのくせ官能的な顔が見たい」

「……ぅ、ゃ……っ、ぁ！」

髪を引っ掴まれ、顔をさらに上向けられながら、足で昂りを撫でられる。

屈辱的な行為だと認識しているのに、擦られれば擦られるほど血が集まり、お腹に届くほど勃ってしまった。

達したばかりとは思えないほど硬くなって、管にあった残滓《ざんし》が飛び散る。

選りに選ってそれが、篁様の足の甲に落ちてしまったような気がした。

「化粧品を塗りたくった安物の美人は掃いて捨てるほどいるが、素の泣き顔が見たくなる美人は珍しい。とことん苛め抜いて、泣かせたくなる」

「！」

篁様は涙する僕の髪を掴んだまま、バスローブの腰紐を解く。

僕と同じ男とは思えないくらい見事に鍛え抜かれた体が、視界のすべてを占めた。

男の象徴その物と言わんばかりの怒張《どちょう》に、心臓が激しく震える。

「――何をしている？　いちいち命じられないと何もできない馬鹿か？　それとも少しは気が利くのか？　どっちだ？」

無力な人間を見下ろす、魔王のような彼は……一歩も動かずにただ嗤った。

僕の前髪を掴む手はすでに緩まっていて、引き寄せる気配はまったくない。

それでも僕は、反り返る屹立に少しずつ顔を近づけていった。

そうしたかったわけではないけれど――そうしないと、この人の怒りを抑えることも、慰めることもできないと思った。

気の利かない馬鹿だなんて、思われたくなかった。

背中の方で縛られた手は、すでに痺れて怠くなっていた。

でも少し持ち上げると首が楽になり、思うように口を開けるようになる。

「……っ、ぅ……っ、ふ……っ」

これはある程度覚悟ができていて……でも……最終的な性行為以上に考えたくなかった行為だった。

同性の性器を口にするなんて、絶対にやりたくないって……当たり前にそう思っていた。とても汚くて、野蛮で吐き気のする行為だとも思っていた。

「――……ぅ……く……っ」

それなのに僕は今、篁様の性器に舌を這わせている。

縛られていて手が使えないから、舌と、唇を使って懸命に愛撫している。

嫌悪感があるのかないのか、自分でもよくわからなかった。

あるなら、あるとわかる筈だから……きっとないのだろう。

篁様の顔や体が、平均よりもずっと美しいからだろうか？

でもそういう問題だけで、同性の性器を口にする抵抗感が薄れるものだろうか？

「は……ぅ、ふ……っ」

僕は硬く張り巡らされた血管を、下から上に向けて舐め上げた。

強弱をつけて、裏筋を丁寧に舐めて……吸って、凄く考えながらやった。

僕には姉のような胸もなく、先程も「平らで興醒めな胸」と言われている。

だからせめて、同じ男だからこそわかる気持ちのいい所を的確に刺激して……篁様に、少しは使える人間だと認めて欲しかった。

「……んっ、ぅ……ふ、く……っ」

痺れる両手を肩甲骨までずらし、顔の位置を持ち上げる。

透明な滴の溢れてきた先端を思い切り口の中に迎えると、苦しくて吐き気がした。

でもそれは、喉の奥を押されたことによる生理的な反応で——僕の心はまだ、吐き気を催してはいない。

自分の感情が見えないまま、僕は……ただ必死にしゃぶった。

頭と体を前後させ、上下させ、気持ち良くなって貰える方法を探り続ける。

「桜海」

名前を呼ばれて、どきりとした。

視線を上に向けると、支配者の顔をした篁様が口角を持ち上げていた。

「そのまま鏡を見ろ」

僕は彼の昂りを括れの辺りまで口に含んだまま、視線を鏡に向ける。

篁様と僕の姿が、そこに映っていた。

長襦袢の帯で両手と首を縛られ、床に膝をついて男性器をしゃぶる自分を……すぐには自分だと認識できなかった。春画を見ているみたいで凄く衝撃的なのに——何故だかこの絵を、汚い物だとは思えなかった。淫靡なのに……惹きつけられる構図だった。

「ん……っ、ぅ……ぐ……っ」

僕は同性愛表現のある小説があまり好きではなかったし、ましてやこんなふうに愛情も何もなく縛ったり強要したりする行為を、好めるわけがない。

それなのに、鏡に映る彼と自分の姿に興奮した。

口が勝手に、ジュプジュプと音を立てて激しく動く。

硬度を増していく昂りが、どんどん大きくなっていくのを感じる。

彼の物だけではなく、僕自身の物も……信じられないくらいに膨らんでいった。

「――……ッ」

「くは……っ、ぁ……っ！」

自分の精液を舐めた口で、篁様のそれを受け止めてもいいと……僕はそう思ったのに、彼は僕の顎を掴んで押し退ける。

絶頂の寸前まで昂っていた性器が抜かれ、ズチュッと、いやらしい音が立った。

心には喪失感が広がり、目前には蜜を塗ったような肉棒が立ちはだかっている。

僕はその立派な物から、目を逸らすことができなかった。

大きく開いたままの口を閉じることも許されず、顎と唇を掴まれながら見下ろされる。

「俺のを、飲みたいか？」

「――……っ……は……ぃ」

口が勝手に、返事をしてしまった。

そう答えないといけないとか、実際どうなのかとか、考えた覚えはまったくなかった。

「従順過ぎて面白味がないな。嫌だと言われてこそ飲ませてやりたくなるものだ。家柄と顔以外には何の取り柄もない、つまらない『お姫様』、次はどうやって俺を愉しませる？おしゃぶりはもう飽きたぞ」

心にナイフや針を刺されるみたいに、言葉が痛くて苦しくなる。

篁様を愉しませることも癒すこともできない無能な自分に、嫌気が差した。

でも……これが当たり前なんだ。

そう簡単に、この人の傷が癒える筈はないのだから、甘ったれた期待をして勝手に落ち込んではいけない。それだけ彼は怒っていて、苦しんでいるのだから。

「……失礼、します……」

スリッパを片足だけ浅く履いている篁様の足の甲に、自分が吐精した物の光を見て……僕は縛られた手を限界まで上の方に運んだ。顎を掴まれていた手からは逃げられたので、そのまま身を屈めて、足の甲に唇と舌を近づける。

「……んっ、ぅ……は……っ」

なんでこんなことをしているのか、自分でもよくわからない。

ただ、汚れていたから舐め取って差し上げたかった。

「花嫁というよりは……まるで犬だな。俺が可愛がっている犬はドーベルマンで、ネロという名だ。アイツも見た目は取り澄ましているが、俺を前にするとチワワのようになる。いくつになっても甘えん坊で、困った奴だ」

身を伏せながら足の甲をペロペロと舐めていると、少し興奮したような声が降り注ぐ。

僕は篁様の筋張った足を舐めながら、ちらりと鏡を見た。

本当にわずかだけれど、愉しんで貰えている気がした。

そういう横顔に見えて——僕の分身も、一層興奮する。

「……っ、ぁ！」

突如首に回っていた帯の輪を引かれ、伏せていた状態から一気に立ち上がらせられた。

後ろ側に引かれたわけではないので、首が絞められるようなことはなく、驚くばかりで苦痛は感じなかった。

「や……っ、ぁ……！」

体を鏡に向けて放られると、ぶつかった肩と肘から電流めいた痺れが走る。

後ろから腰を抱かれて長襦袢を捲られた途端、全身がびくっと、海老のように弾けた。

姿見に頬が当たって、顔に付着していた精液や唾液で鏡の表面が汚れる。

熱い息で曇る上に近過ぎて、自分の顔なんて見えなかった。

でも、篁様の目に何が映っているのかはわかる。

完全に剥き出しになった僕の……お尻……しかも灯りに向けた状態で晒されている。

「十分に解れてすんなりと入りそうだ、面倒がなくていい。俺が帰宅する時にはいつでもこうしておけ。潤滑剤で柔らかく解し、多忙な俺に手間を掛けさせるな」

「……っ、はい……っ、ぁ！」

返事をした次の瞬間、篁様は僕のお尻を叩いた。

掌でぴしゃんっとやってから、「もっと上げろ」と命じる。

叩かれるだけで反射的に腰が上がり、僕は顔と肩を鏡に当てたまま背中を反らした。

そうすると潤滑ゼリーが溢れて、腿の内側を滑っていく。

「あ……っ、ぁ……！」

篁様の欲望が狭間に当たり、四本の指で解した孔にめり込んできた。

すんなりと……と彼はさっき言ったけれど、実際にはすんなりとなんて無理だった。

肉の輪がじわじわと拡げられ、喉の辺りまで「痛い。やめて！」と言葉が込み上げる。

「――……ッ、狭い。息をついて力を抜け」

「は……っ、ぃ……は……っ、ぁ……はっ」

深呼吸はできず、浅く短い呼吸を繰り返した。

緊張と、痛みへの覚悟で力が入ってしまう腰から、意図的に力を抜くのは難しい。

でも……やらなくちゃ……篁様を愉しませないと、役立たずだと思われてしまう。

「――……っ、ぅあ……っ！」

肉の輪が想像の限界を超えるくらい拡がって、太くて硬い物がめり込んできた。

舌で押しても凹ますことができなかった血管も、そこを通る時だけは凹んだような気がする。最も張り出した所が入ってきて絶叫しそうになったけれど、逆に息が詰まって何も出てこなかった。

「――ッ！」

「……っ、ぅ、ぅ――っ……！」

痛い……痛くて、重たくて、内臓が内側から引き伸ばされて……張り裂けそうになる。

なんて無理やりな行為だろう……全身が、そこは違うって――訴えているのを感じる。

他に使える孔があるわけでもないのに、生物学的な間違いを必死に正そうとしていた。

「ひっ……ぅ、ぅ……！」

「――……ッ、ハ……これで全部だ……っ、なかなか優秀だぞ、桜海――」

「う……ぅ、く――っ……ぅ」

痛いなんて言ってはいけない……そう言い聞かせて、僕は篁様のすべてを受け入れた。

今にも頽れそうだったけれど、褒められた悦びを支えにして持ち堪える。

腰を両手で掴まれながら、引かれても押されても耐えた。

「……ふ……っ、ぁ……ぁ！」

指で刺激するのとは比べものにならないくらい、官能的な一点を突かれて——甘くなる声を殺すのがつらい。

男の体って……なんだか、変だ。どうしてこんなおかしな作りになっているのだろう。

ここは違うのに、こういうことをするための孔じゃないのに——入口もお腹の中も凄く痛いのに、でも……どうしようもなく気持ちが良かった。

無遠慮に激しく突かれ、揺さぶられる度に、首がグッとなって苦しいのに……それさえ気持ちが良くて、僕の脳みそは……潤滑剤みたいに蕩けていく。

「……はっ、ぁ……ぁ……は、ん……っ！」

近づき過ぎて何が映っているのかわからなくなった鏡が、どんどん曇る。

篁様の黒髪が揺れているのが、少し見えた。

静かな部屋に結合の音がして、水っぽい卑猥な音と、湿った肉と肉がぶつかる音が響く。

いやらしい……物凄く、いやらしい……のに、嫌だと思えなかった。

もっと、もっと動いて欲しくなる。

もっと奥をぐりぐりされて、もっと気持ち良くなりたくなる。

僕は頭がおかしいのだろうか——男同士なのにどうして、こんなに感じるのだろうか。

「ひっ、ぁ……っ、ぁ……！」

ずぐんっと奥を貫かれた瞬間、抑えていた欲望が水風船みたいに弾けてしまった。

姿見の下の方に、飛沫が飛び散るのがわかる。

パタパタッと鏡面を打つ音まで聞こえ、羞恥で涙が溢れた。

「——ッ、ハ……触ってもいないのに、達ったのか？　上等な処女だな、この淫乱め」

「……っ、ぅ……ぁ……っ！」

篁様は腰を動かしながら僕を噛い、身を屈めて体を重ねてくる。

鏡に張りつく僕の額は、抽送に合わせてゴツゴツと音を立てた。

頭が痛くなる。ぶつかるせいなのか、泣き過ぎたことによるものなのか……精液と涙でぬるぬると滑る鏡に顔を擂り寄せながら、僕はただの肉になっていった。

「は……っ、ぁ……ぅ……ぁ！」

「花嫁の身代わりにしては、淫ら過ぎる。お前はいったい俺の何になるんだ？」

「んあぁぁ……っ!!」

篁様は問いかけるなり、僕の最奥を突いた。

僕は彼に問われる前に、答えを自分で出してしまっていた。

僕は、ただの肉だ。性欲を処理するための肉。

姉と似た顔を持っていて、性器を挿入できる孔を持っているというだけの肉に過ぎない。

慰めるとか癒すとか……そんなことを考えていたことさえ烏滸《おこ》がましい。

「——……ッ、ハ……おい、出すぞ、いつまでも緩めてないで締めろっ」

「ひゃっ、は……っ！」

パシーンッ！ と、音が立つほど腿を打たれた。

音が凄くて吃驚《びっくり》して、脚が急激に緊張する。

あえて意識しなくても、篁様を咥え込んでいる孔が、ぎゅぅっと引き締まった。

「ふ……ぁ、あぁ——っ」

「……ッ、ウ……ッ……」

最奥を突かれ、これまで一番奥だと思っていた所が最奥じゃなかったことに気づく。

ずくずくと突いていた彼の体が急に止まって、そして……体の中に射精された。

その瞬間——男同士でも十分にセックスできるんだってことを、僕は身を以て知る。

「は、ぁ……は……っ、熱……っ！」

物凄く熱くて、濃い物を放たれた気がした。

実際の温度がどのくらいかなんてわかっているのに、灼熱だと感じてしまった。

篁様のペニスが、僕の中で脈動している。

全力疾走した後の心臓みたいに、ドクドクと鳴り響いていた。

篁様と僕の、性器と心臓——その四つの脈動が一つになった実感が、凄い。

他の誰でもない、篁様とセックスしたんだってことを、鼓動の度に何度も思った。

繋がっている僕と篁様の体……普段、人に見せることのない部分を晒して、繋げて——

恥ずかしいくらい興奮して、涙や汗を見せて——そして誰にも聞かせられない息をつく。

「——……っ、ぅ……は……ぁっ……!」

これがセックスなんだ……と、繰り返し繰り返し思い知るうちに性器を抜かれた僕は、
鏡に身を寄せながら崩れ落ちた。

床に座り込んで、やはり鏡に寄り掛かって喘鳴《ぜんめい》を繰り返す。

篁様を見上げると、僕の中にあった著大な性器から、残滓がぽたぽたと落ちていた。

それを見て僕はまた、この人と繋がっていたことを実感する。

「シャワーを浴びる。その間に片づけておけ」

「！」

「そのままでも構わんが、誰かに見られたくはないだろう？」

篁様の表情からは、繋がっている最中の興奮が消えていた。

僕はまだ這々《ほうほう》の体《てい》なのに、彼はあまりにも早く平常時に戻っている。

そしてバスローブの前を閉じると、何事もなかったかのように踵を返した。

「……っ、ぅ」

どうしようもないショックが、稲妻のように心と体を駆け抜ける。

それでも僕の体は、「片づけておけ」という言葉に反応していた。

篁様の態度や言動によって、頭が真っ白になっているにも拘わらず、「片づけなきゃ、片づけなきゃ」という、自分の声が反響する。

彼は拘束を解いてはくれなかったけれど、姿見に映る自分の背中の両手を見てみたら、帯が蝶々結びになっていた。引っ張ればすぐに解けそうに見える。

「――……っ、ぅ……っ」

僕は帯を解いて立ち上がり、ティッシュを使って、体や床を拭いた。

何をやっているんだかわからなくなる瞬間が何度も来たけれど、汚れを拭き続けた。

そうしている最中、後孔から精液がどろりと溢れてきて、その度に涙も溢れる。

体の中には、篁様の肉がまだ刺さっているような感覚が残っていた。

「……っ、ぅ……」

床を拭いても涙が落ちてしまい、啜り泣きが止まらなかった。

僕は今、自分が篁様の物になったのだという事実を、全神経で痛感している。

欲望に満ちた性器を体の中に挿入されて、中で射精されるという行為が……こんなにも、奪われ……支配されたと感じるものだなんて、知らなかった。

セックスという行為が、男同士でもきちんと成立し、こんなにも一体感の得られるものだということも、知らなかった。けれどすべては独り善がりで、篁様はこの行為を何とも思ってはいない。

「——……っ、ふ……ぅ……ぅ」

一度も口づけられなかった、抱き締められることさえなかった。

僕は奪われたと感じているのに、あの人の物になったと感じているのに……彼にとって僕は特別じゃない。

僕は姉の身代わりなのに、愛情を込めて抱く気にもなれない代用品……肉としてすらも満足なものではなかったのだろう。

男なんだから……仕方なく抱いているんだから、そんなことは当然とも思えるのに……汚れた床を拭いていると、泣けて泣けて仕方なかった。

「う……っ、ぅ……っ」

あんなに火照っていた体が、急速に冷えていく。

一度だけでも両手で強く抱き締めて、口づけて——姉に対する愛情で構わないから……代用品として役立っていることを感じたかった。

そんなことを男の身で望むのはおかしいことなのかも知れないけれど、口づけや抱擁によって、自分が役立てたことを感じたかった。

「おい、いつまでやっているつもりだ」

「——……っ!?」

「俺は自分の部屋で寝る。朝食に同席する必要はない、梅代に聞いて適当にしろ」

先程とは別の、濃灰色のガウン姿で浴室から出てきた篁様は、そう言うなりすぐに、「履物を寄越せ、これと同じ色のやつだ」と命じた。

僕はまだ帯も締めていなかったけれど、涙を無理やり拭って長襦袢を引き寄せる。

大急ぎで浴室の入口に向かって、入浴後に履くための物とは異なる、硬めのスリッパを手に取った。

僕はそれを一段高い所に置き、彼が指先で摘むようにして渡してきたタオルを受け取る。

命じられなくても、足を拭けということだとわかった。

ぐずぐずと泣いている場合ではないのだと思い知り、僕は鼻をスンッと鳴らし、乱れる呼吸を整える。そしてバスマットから浮かされた篁様の踵を掌で受けて、指先まで丁寧に水気を取った。

「跪くのが板について来たようだな」

彼は無表情で言いながらスリッパを履き、扉に向かって歩いて行ってしまう。

梅代さんには、明日の朝「ここか自分の部屋か、どちらに居るかはまだわからない」と言っていたのに自室に行くということは、僕がお気に召さなかったということだろう。

「——……おやすみ……なさいませ……」

止《とど》めを刺されたようで慟哭《どうこく》したくなったけれど、同時に気づかされることもあった。

僕に冷たく当たるのは、彼の心が凍りついてしまっているからだ。

僕の気持ちが届かなければ届かないだけ、彼の傷が深い所にあるということだ。

少しは癒せたかも知れないなんて、身勝手な淡い期待をしてはいけない。

そう簡単に癒せる筈のない傷を負った人を、僕はお慰めしに来たのだから。

《四》

僕が元侯爵常盤小路家の屋敷に来てから、二週間が経った。

この十四日間で篁様が僕の部屋にいらしたのは、半分の七日だった。何もなかった日は睡眠時間を優先し、帰るなりすぐに眠ってしまったと、梅代さんから聞いている。

僕は篁様がグループの総本山と呼ばれている本社ビルを出る直前に、護衛と梅代さんを経由して連絡を貰い、それからお迎えの準備をするようにしていた。執事や女中のように玄関先に並んで出迎える必要はないと言われていて、あくまでも性的なご奉仕のために、自分の部屋で待つのが僕の役目だった。入浴して後孔を綺麗にして、潤滑ゼリーを塗った指で解して……その度に昂る体を持て余しながら、毎晩毎晩、篁様を待った。

鏡の前で責められたり、天蓋ベッドの柱に縛りつけられたり、テーブルに突っ伏せられたり、色々だったけれど……挿入される時は常に後ろからだった。

キスをされることも抱き締められることもなく、僕は性欲の捌け口として使われる。

七日だけ……日程としては半分だけの情交ではあったけれど、一度に求められる行為は数多くあった。僕はもう、篁様の精液を飲み干すことにも縛られることにも、お尻を叩かれることにも、泣き顔を見られることにも慣れてしまっていた。

唯一慣れないのは――篁様が、部屋に来てくださらないことだ。

そんな時は特に誰からも連絡はないので、僕は自分自身で、「今夜のお渡りはない」と確信するまで起きていなければならない。確信するまでがとにかく長く……そして見切りがついたからといって、すぐに眠れるというものでもなかった。

もしかしたら気まぐれに遅くにいらっしゃるかも知れないとか、早朝にいらっしゃるかも知れないとか……中途半端に燃えている体を抱えて、眠れない夜を過ごすことになる。

結局僕は、篁様に来ていただきたいのだと思う。抱いて欲しいのだと思う。

その理由は、彼を慰めるという役目をきちんと果たしたいからだ。

そうでなければ僕がここに居る意味はないし、人間は誰だって自分の存在理由が欲しい筈だ。だから僕は彼を待っている――決して、僕自身が気持ち良くなりたいからではない。

お詫びに来ている立場でそんなことはあってはならないと……僕はわかっているのに、それなのに……本心を探ると迷路のような思考を彷徨《さまよ》ってしまう。

篁様は、同性だということを除いても一般的ではない抱き方をなさるのに、僕は浅ましく感じてしまい……姉の身代わりに過ぎない身でありながら、あの人の抱擁や口づけを、毎晩毎晩……いや、毎日毎日……一日中、二十四時間……求めている気がする。

「！」

午後三時、自室でぼんやりとしていた僕の耳に、携帯の着信音が飛び込んできた。音を分けるようにしているので、姉の携帯からだとすぐにわかる。

「――……はい、桜海です。姉さん？」

『桜海さん、ご機嫌よう。今は独り？　二週間も連絡しなくて……本当にごめんなさい』

「ご機嫌よう、独りですから大丈夫ですよ。お変わりありませんか？」

『まあ……随分と堅苦しい話し方ね。本当は傍にどなたかいらっしゃるの？』

「あ……ごめん。なんだか、姉さんとどんな話し方をしていたか忘れちゃったみたいだ」

僕は姉からの電話を受けて、心底ホッとしていた。

姉が酷いことをしたせいで篁様がつらい思いをしたことも、僕がこんな目に遭っていることもわかっているのに、それでも凄く安心できた。どこか歪で異常な世界の中に、とても正常な人が、柔らかな手を差し伸べてくれているように感じたからだ。

その手を取れば、この苦界《くがい》から逃れられる。女性の小さく頼りない手なのに、僕の心も体もふんわりと、正しい世界に浮上させてくれる。そんな気がした。

『桜海さん、今は初夏なので桜は咲いていないけれど、この家から見える海と空は本当に綺麗よ。貴方に見せてあげたいわ。花嫁代わりにそちらに行ったからというわけではないけれど、お里帰りをしても良い頃だと思うの……一泊でもこちらにいらっしゃいな』

「――一泊……？」

『都合が悪いようなら、外でお茶でも飲みましょう。桜海さんは私のことを……身勝手で悪い姉だと思っているでしょうけれど、貴方のことを思わない日は一日もないわ……』

姉は最後に息を詰まらせ、泣くのを堪えていた。

この屋敷に引っ越してくる前夜、ベッドの下段から姉に謝られた時はとても悲しかったのに、今はちゃんと、「大丈夫だよ、心配しないで」と……普通に返すことができた。

姉との通話を終えてから、僕は篁様の書斎に向かった。

普段なら午後三時に屋敷に居ることはまずないのだけれど、今日は昼食時に来客があるとかで、それ以降は書斎で済むお仕事だけをなさると聞いていた。

梅代さんが言うには、そういう日は半分休日と考えていいそうだ。

僕は自室と同じフロアの、最果てにある書斎に向かい、ノックをした。

本来、結婚後数日で一泊の里帰りが許されることは知っていたし、姉に直接会ってこの異常な想いから抜け出したかったから……数回のノックの末に、扉を開けてしまった。

「篁様、桜海です。失礼してもよろしいですか？」

アンティーク家具の多い屋敷の中で、書斎は少しだけ浮いている。

家具の殆どが趣のある物にも拘わらず、最新型のパソコンがデスクの上に三台も並べてあった。背面をこちらに向けているので、少ないながらもコードが見えたりする。

本棚に大量にある書籍にしても、革カバーを施された蔵書と、近代的な本やファイルの背表紙が並んでいる状態だった。

「篁様……っ」

落ち着いたダークブラウンが主体の書斎の中で、篁様は白シャツ姿で横たわっていた。

僕が最初に目を向けたデスクとは逆の、ソファーセットの方で……独りで眠っている。

「──……っ」

うっかりもう一度声を掛けようとして、起こしてはいけないと思い留まった僕は、足音に気をつけながら近づいた。「里帰りをしてもいいですか？」と訊くために、眠っている彼を起こす気なんてないけれど、肌寒そうに見えたから何かを掛けて差し上げたかった。

ソファーセットの後方の壁にある隠し扉を開くと、下部には掃除用具やティッシュの箱などが収められている。だいたいどの部屋もこれは同じで、上部には枕カバーの替えであるとか電球であるとか、その部屋に応じて生活感のある物が隠されていた。

「あ、あった……」

僕は最上段からブランケットを見つけ、思わず頬を緩める。

広げてみたらかなり大きく、夏用のふんわりとしたオーガニックコットンだった。

それを篁様の体に掛けようとして、ふと……ローテーブルの上の書類に目を止める。

関連企業の名前と、複数の折れ線グラフが並んでいた。少し見たくらいではなんだかわからないけれど、一緒に置いてある手帳が予定で埋まっているのはわかる。以前文具店で見かけて、どんな人が使うんだろうと疑問に思ったほど細かい、分刻みの手帳だった。

開いてあるそれを見て、今日のランチのお相手もわかった。

篁様ご自身の字で、「亀竹橙子《かめたけとうこ》」と書いてある。

現在は千葉県のご実家にお住まいの、篁様のご生母のお名前だった。

母子の関係を事前に聞いていたことによる先入観もあるかも知れないけれど、「母」と書かないことからしても、不仲なのが感じられる。会食のために用意された時間は七十分のみだったし、篁様は総帥になった途端に、この屋敷に住んでいた自分の母親も楓様の母親も、まとめて追い出してしまったというのだから、根深いものがあるのだろう。

それを考えると、あんなにも好みに合わせた部屋を用意して迎えられる筈だった姉は、本当に幸せで——罪な人だ。どれほど篁様に想われていたのか、考えるだけで胸が痛む。

姉は僕と似ているけれど、女性ならではの優しい声と、透明感のある柔らかな微笑みが印象的な人だ。本来ならば、孤独なこの人の癒しと支えになっていたに違いない。

「……っ、ぁ！」

タオルケットを最大限に広げ、長身の篁様の体を覆おうとした時だった。

突如手が伸びてきてベルトを掴まれ、腰を引っ張られる。

ヨーロピアンサイズのソファーは座面にゆとりがあり、僕の体は篁様の真横に、どっと倒れ込んでしまった。

「す、すみません……っ」

「――抱き枕になれ」

篁様に引き寄せられて倒れ込んだにも拘わらず、僕は反射的に謝り……彼はそれを無視して「抱き枕になれ」と、確かにそう言った。

顔と顔が信じられないくらい至近距離で向き合っていたけれど、篁様は一瞬開いた瞼をすぐに閉じてしまったので、僕はどうにか目を開けていられた。

「……っ」

なんだか、夢でも見ているみたいで……信じられない状況だった。

篁様の片腕が、僕の耳の下にある。これは、腕枕と呼べる状態だ。

もう片方の腕は、僕の背中に回っている。これは、抱擁と呼べる状態だ。

胸と胸は辛うじて密着していないけれど、異常な鼓動を気づかれてはいないだろうか。

どうしてこんなに胸が……ドクドクと鳴って、顔が熱くなるのだろう。

正面を向き合って近づいたことがなかったせいか、セックスをするよりもずっとずっと、特別な行為のような気がした。

「――……」

篁様は僕に腕枕をしながら片手で抱き締め、完全に眠りに落ちてしまった。

先程の抱き枕という発言も、こうしていることも、彼にとっては大した意味はないのだろう。姉と間違えたのかも知れないし、他の女性や、もしかしたら愛犬と間違えたのかも知れない。要するに寝惚けていただけで、深い意味なんてないんだ。

でも……どうしよう……僕にとっては違う。僕は今……とても嬉しい。

頬の筋肉が緩んで、むずむずして痒い気さえする。

これがただの間違いでも構わない。時間がこのまま、しばらく止まってしまえばいい。

同性とこんなことをしていて嬉しいなんて、僕は少し、おかしいのだろうか？

いや、少しどころじゃなくおかしいのかも知れない。凄くおかしいに決まっている。

セックスならまだわかる……だってあれは、男同士でしても快感を得られるものだから、

感じてしまっても多少は仕方のない面がある。

人間は快楽を求める生き物で——気持ちがいいと知ってしまえば、本能がそれを求めてしまうものだ。だから篁様とのセックスを心待ちにする時が来たとしても、それはやむを得ない部分がある。欲望に弱くて情けないとは思うけれど、理解できないことではない。

でもこれは違う。快楽なんてある筈がないのに、ただソファーで一緒に寝転がっているだけなのに、物凄く嬉しい。魂が踊っているみたいに、はしゃいでしまって止まらない。

「——……ぅ」

僕は荒れそうな呼吸を整えて、静かに、そーっと息を吸う。

そして柔らかなオーガニックコットンのブランケットを、二人の肩まで引き上げる。

一緒に包《くる》まると、胸が温かくなった。

電気毛布かと疑いたくなるくらい、体も心も急にぽかぽかしてくる。

篁様……と、口にはせずに唇だけ動かして名前を呼んでみた。

余程お疲れなのだろう、目の下の皮膚の色が、若干くすんでいる気がした。

潔いラインを描く眉に、同色の前髪が掛かっている。

午後の光がチュールのカーテン越しに当たっているのに、それでも真っ黒な髪だった。

こんなに見事な黒なんて、人形くらいの物だと思っていた。

男らしくて凛々しいのに、こうして瞼を閉じていると、睫毛が長いのがわかる。

子供の頃の写真は飾っていないけれど、物凄い美少年だったのではないだろうか。

今は見えない瞳が、漆《うるし》のような黒であることも知っていた。

その瞳がとても鋭く、焼けた鉄の矢みたいに僕を射抜くことも知っている。

ズシンッと……僕を射止めるのだ……食事中でも、セックスをする時でも……いつも、
重く硬く、太い……彼の性器みたいに——目も、凄く威圧的な凶器になって、僕を貫く。

「——……っ」

触れたことのない唇は、見た目よりも柔らかい気がした。

無断で触ってしまいたくなる……指先で、弾力のありそうな下唇の中央を押したくなる。

いつか、キスをする時が来るのだろうか？　その時は、単なる気まぐれだろうか？

肌の色は——たぶん、生来は白い方ではないかと思った。

でもほどほどに日焼けして健康的な肌色に見える。

総帥になる前もなった後も変わっていない日課は、ドーベルマン数頭と一緒に行う朝のランニングと、屋内プールでの水泳、趣味は乗馬とテニスだという話だった。どれもこの敷地内で済むことだから変わらず続けているけれど、サーキットでのカーレースやマリンスポーツ、ゴルフや海外旅行などは控えているらしい。

「――……」

篁様は相変わらず、微かな寝息を立てていた。

姉とずっと同じ部屋で暮らしていたせいか、狸寝入りかそうでないかはすぐにわかる。

本来ならこうやってゆったりと過ごす時間をもっと取れる立場なのに、自分に厳しくて、常に突っ走っている完璧主義者なのだと――梅代さんを始め、執事の東森谷《ひがしもりや》さんや庭師の皆さん、ドッグトレーナーさんまで口々に話していた。実際、その通りなのだと思う。

巨大グループの総帥ともなると象徴的なお飾りでいることも可能で、さほど忙しく過ごさなくても済む。篁様の父上であられる先代は、五十歳を過ぎてからは週に二日か三日、午後しか働かなかったそうだ。重要なのは閣僚とのゴルフや会食、宴席に顔を出すことで、所謂仕事らしい仕事はしなくても済むのだという。

ところが篁様は人任せにするのが嫌いな性格の上、梅代さん曰く母方の血が強いそうで、グループをより大きくすることに野心を燃やしている。若くして後を継いだこともあり、見縊《みくび》られないよう気を張っている部分もあるのかも知れない。

そしてさらに、際立った容姿と地位や家柄、若さも手伝って、マスコミと世間が放っておかないから大変だった。常盤小路グループが圧力を掛けられる新聞社やテレビは除いても、三流タブロイド誌や一般のファンが挙《こぞ》って追いかけ回し、写真や動画を撮ってはネットに上げ、ファッションチェックまでされる有様だった。最早《もはや》、常盤小路グループ＝篁様となってしまっている今、この屋敷を一歩でも出たら、気の休まる時など無いのだろう。

僕は書店でアルバイトをしていたので、棚整理の度に週刊誌の表紙を見ていた。休憩の際に記事を読むこともあった。僕の姉、元伯爵家令嬢綾之杉桜子と婚約したことは、常盤小路家の圧力で完全に伏せられていて——その分、篁様が公的な場で接触した女性が次々に「お妃候補」と書かれて注目されていた。

まるで宮様のような扱いに反発し、やたらと醤油メーカーの名を出して、妾の子であることを強調する記事が存在したことも知っている。

「……っ、た……」

篁様……と、うっかり口にしそうになった僕は、秀麗な顔を見つめながら体をずらした。頭ごと顔を、彼の首の辺りに埋めてみる。

白いシャツに鼻先を寄せて、肌の匂いを嗅いだ。

普段、僕が顔を近づけられる部分といえば……性器や手や足ばかりだから、首の辺りの匂いは新鮮だった。

香水などには詳しくないけれど、篁様の首筋からは、とても上品で爽やかな香りがする。でも、彼が選ぶにしては軽やかで、無難過ぎるような気もした。

憶測に過ぎないけれど、好みとは関係なくつけているものではないだろうか……一日に大勢の人と接触する立場に合わせて、誰からも好感を持たれるように選んだ香り——もしそうだとしたらこの人は、母親の前ですら「総帥」なのだろうか？

僕は、行き場に迷ったまま腿に張りつけていた手を、彼の背中の方に向けてみた。

起きないで……まだ起きないでください……そう願いながら、ソファーの背凭れと彼の背中の間に手を滑らせた。篁様の片手は僕の背中に、僕の片手は篁様の背中に、片手ずつだけれど、これで本当に抱擁みたいになった。

そうっと胸と胸をくっつけると、彼の規則正しい鼓動を感じられる。

それによって思い知る——自分の心拍数の異様な速さに、焦燥が募った。

僕はこの人とのセックスに慣れ始め、パブロフの犬のように欲情しているのだろうか？

いつも縛られ、泣かされ、性欲処理のために淡々と使われているだけのくせに……あの行為をもっとして欲しいと、本気で望んでしまっているのだろうか？

僕は自分の気持ちが、よくわからない。でも一つだけわかっている感情がある。

僕のことを抱き枕にして、午後の光を浴びながらすやすやと眠っているこの人を、僕は今……多少なりとも癒せているみたいで——それが他の誰かの身代わりだったとしても、愛犬や枕の代用品だったとしても、僕は嬉しい。

この人が僕を抱き締めて癒されてくれているのなら、理由なんてどうでもいい。

ただ、嬉しい――それが今、ここにある確かな感情だった。


遠い所から微かに鐘の音がして、僕は重たい瞼を上げる。

この音には聞き覚えがあった。毎日毎日、午後五時に鳴る公園の鐘の音だ。

常盤小路家の敷地は広く、塀は高く、その内側の森林は自然要塞のようだったけれど、この音だけは外から届く。

塀の向こうにある公園は元々旧侯爵邸の一部で、上空写真などで見ると過去に繋がっていた形跡が感じられた。

「……っ、あ！」

今が五時だということと、ソファーで寝ていたことを認識した僕は、慌てて飛び起きる。

肩は疎か耳の辺りまでブランケットに覆われていたことにも、同時に気づいた。

ソファーの奥に寝ていた筈の篁様の姿はなく、振り向くと、デスクに向かっている姿が目に飛び込んでくる。パソコンを使っているせいか、普段は掛けない眼鏡を掛けていた。

「た、篁様……っ、あ……申し訳ありませんっ」

あんなに心臓がドキドキして、全身隈なく緊張していた筈なのに、いったいいつの間に眠ってしまったのだろう。昨夜はお渡りがなかったから空が白み始めるまで待っていて、睡眠不足ではあった。それにしても……なんということだろう。

「五時の鐘が鳴ったところだ。サラリーマンなら一区切りというところか？　それとも、就業時間は六時が一般的だったか？　下々のことはすぐに忘れてしまうな」

篁様は三台並んだパソコンのディスプレイの向こうで、軽く息をついた。

一瞬何が言いたいのかわからなかったが、休憩をしたいと言っているのだと気づく。

「お食事まであと少しですが、お茶になさいますか？　それとも食前酒でも？」

「どちらでも構わんが、今この空間に誰も入れたくない」

「……ぇ？」

篁様は青白い光を受けている顔に、意味深な笑みを浮かべた。

仕事に集中していたから、誰かが入ってくることでペースを乱されたくないという意味だろうか？　暗に、僕にも出て行けと言っているのだろうか？　でも自分でお茶の用意をなさる筈がないし、元々この部屋に居た僕は、今のところ空気に馴染んでいて、邪魔にはなってはいないということだろうか？

「！」

篁様の顔色を窺っていた僕は、主照明のシャンデリアが点いていないことに気づく。まだ五月なので五時でも外はそれなりに明るく、カーテンは開いている。だからデスクスタンドの灯りだけで十分に仕事ができたのだろうけれど——でも、それだけだろうか？

「あの……眠ってしまって、すみませんでした。大変失礼しました」

「俺の持論では——泣き顔と寝顔が絵にならない奴は、本物の美人とは言えない」

「！」

「特別美しいとまではいかないが、仔犬のような寝顔だった。許してやろう」

「……っ、ぁ……ありがとうございます」

「俺は犬が嫌いではない」

「はい、存じております。最年長のネロ様を格別に可愛がっていらして、寝室にお入れになることもあるそうですね」

「ネロの嫁が子を産んだ時は付き添ったし、仔犬は一頭も人にはやらなかった」

「それであんなにたくさんいるのですね。皆大きいので親子だとは思いませんでした」

僕はブランケットを手早く畳み、とりあえずソファーの隅に置いておいた。

篁様と会話していることが嬉しくて、もっと続かせたくて言葉を探してしまう。けれどやはり、部屋の薄暗さが気になった。このままでも問題ないと思える微妙な程度ではあるものの、早々に主照明を点けたくなる暗さでもある。

もしかして、僕を起こさないためにシャンデリアを点けずにいたのだろうか？

いや、まさかそんなわけがない……偶然だ。たぶん、あと少し暗くなったら点けようと思っていたに違いない。ブランケットが首までしっかり掛かっていたのも、僕自身が寝ながら引き寄せたせいだろう。僕は普段からそういう癖があるみたいで、起きるとだいたいいつも布団に顔が半分埋まっているから……たぶん、自分で引っ張り上げただけだ。

「あの……お茶、どうされますか？」

「そこに水がある。グラスを出して注げ」

「はい」

僕はデスクから動かない篁様に代わって、彼が顎で示した本棚の方に向かう。

本棚と同じ意匠の細い食器棚が、違和感なく壁に収まっていた。

中にはミネラルウォーターの入った瓶と、数種類のコーディアルの小瓶、そして抜群の透明感を誇るクリスタルのグラスが入っている。

篁様はその時の気分で、常温や冷たい水に味をつけて飲む人だった。夕食時はレモンを入れた物、朝食時はエルダーフラワーを入れた物を飲んでいるのを見たことがある。

「コーディアルがありますが、どれかお入れしますか？」

「飲んでみたい物は？」

「……僕が、ですか？」

「他に誰が居るんだ？」

篁様はデスクに向かったままで、斜め後方に立つ僕の方を振り返りはしない。

それでも確かに好みを問われているのがわかり、僕は一旦息を詰めて、コーディアルの瓶を見比べた。コーディアルはイギリスで昔から愛飲されている物で、簡単に言うとハーブのシロップ漬けだ。水や炭酸水に混ぜると、香りや味を楽しむことができる。

「カシスか、ローズでしょうか……」

一つだけ選択して、篁様の気分に合わない物だといけないので、僕は二つを挙げた。

篁様はすぐに、「ローズにしろ、グラスは一つでいい。ここに持って来い」と言って、デスクの表面をかつんと叩く。

僕はもちろん「はい」と答えて言う通りにしたけれど、少し残念な気持ちになった。

味を選ばせてくれたのに、グラスは一つということは……一緒に飲めるというわけではないのだろう。休憩にお付き合いできると思うなんて図々しい期待だったのかも知れないけれど、言い聞かせたところで心が萎むのを止められなかった。

「――これを飲め」

篁様は僕が用意したコーディアルの小瓶を自分で開けると、グラスの中に注ぐ。

希釈して飲むべきそれに水を入れないまま、僕に向かって渡してきた。

「このまま……ですか？」

「そうだ」

原液で飲む物ではないくらい百も承知な顔で命じられれば、言い返す言葉はなくなる。

何を言っても無駄であって、僕は命令に従うしかない。

僕がグラスを受け取ると、篁様は黒革の椅子に深く腰掛けた。

表情のパターンをあまり多くは知らない僕でもわかる、上機嫌な顔で僕を見上げる。

「……いただきます」

濃いピンク色の液体からは、薔薇の甘い香りがした。

もちろんいい香りだけれど、せめて少しでいいから薄めたい……そう思いながら、口に含む。味わってしまうと、やはり濃いと感じてつらかったので、潔く飲み干した。

「甘過ぎて喉が渇くだろう？　薄めたいか？」

「！」

たっぷりとした椅子の背凭れに寄り掛かりながら嗤う篁様は、新しい悪戯を思いついた悪い子供のようだった。とても愉しそうで、意図を察した僕の心臓はけたたましく鳴る。

目の前には、デスクの下から出ている篁様の脚があった。

そしてデスクの上には、コーディアルが少し残っているグラスと、水のボトルがある。

僕が「はい、薄めたいです」と言って水を求めたら、篁様は興醒めして――悪魔の如き微笑を曇らせるだろう。つまらない奴だと呆れられ、せっかくのご機嫌を損ねてしまう。

「――……失礼します」

僕は彼の長い脚の間に座り込み、スラックスに包まれた膝に触れた。

いつもは両手を縛られているから、篁様のそこに手で触れたことは一度もない。

口や頬や、内臓では知っているあの大きさと硬さは……指で触れるとどのように感じるものなのか――想像しただけで喉がカラカラになりそうだった。

ローズ味の濃厚なコーディアルが、僕の息まで甘ったるい匂いに変えて、スラックスのファスナーの辺りに漂う。

「――……っ、ぅん……む……っ」

下着から取り出した半勃ちの性器は生々しくて、いやらしくて、ニチュッと音を立てて口に含んだ途端、物凄く淫らな気分になった。篁様が椅子を徐々に回転させるから、僕の体はデスクの下へと入り込んでしまう。オーク材の重厚な物で大きかったけれど、全身を収めてしまうといくらなんでも狭かった。秘めた淫事への背徳感が、より強められる。

「は……ふ……ぅ、ぅ……ぐ……っ」

口が知っている大きさまで昂ったそれを、僕は指で丁寧に撫でた。

これまで接してきた体のどこよりも、手指というのは如実に形を伝えてくる。

自分の物と比較することもできるので、本当に大きくて……立派な物だと実感した。

「はしたないな、口角から薔薇色の雫が垂れているぞ」

「ふ……んっ……ぅ」

篁様はパソコンに向かった状態で、僕の口角に触れる。

そこから零れていたコーディアル混じりの唾液を掬い、性器の横に指を当てながら口に挿入してきた。

「う、ぅ、む……っ」

篁様の指と一緒に、太く張り出す血管が、僕の舌や唇を押し返してくる。

なんて生き生きと逞しく、男らしい性器なのだろう……なんてセクシーで……そういう気分にさせる人なのだろう……この人の体は、本当に雄だ。生物学的な本能で強く優秀な雄を求める雌を、確実に惹きつける魅力を持っている。

「――……っ、は……ぅ、ふ……っ」

僕は雌じゃないのに、篁様の雄に惹きつけられて……初めて触れた性器を夢中で扱いた。掌も指の腹も使い、根元から自分の顎に当たる所まで、大きくスライドさせる。

先端の膨らみを全部頬張って、口の中でぐるりと何周も舐め回した。

括れを唇で強く挟んで、先端の小さな口を尖らせた舌で刺激したりもする。

舌を広げて使ったり、細く硬くして抉じ開けたり、ぐりぐりと捩じ込んだりもした。

「――……ッ」

篁様が微かに声を漏らし、先走りを滴らせていることに、胸が躍った。

自分がどんな恰好をしているかとか、男としてどうなのかとか、そういうことが一瞬で吹き飛ぶのはこういう時だ。

篁様に奉仕して、気持ち良くなって貰えていると感じた時、僕は自分のことを好きになれる。もちろん篁様のことも好きだと思える。だって僕は今、こんなにもこの人を求めている。この人の欲情を、劣情の証を……凄く求めている。

「んっ、ふ……んく……っ、ぅ……ぅ！」

もうすぐ絶頂が得られると感じて、僕は手の動きを速めた。

肘が時々デスクの内側にぶつかって動き難いし、後頭部も、気をつけなければ思い切り打ってしまいそうだった。それでもできるだけ気持ち良くなって欲しくて、可能な範囲で激しく動く。

「――ッ」

「ぅ……っ、ぅ――……っ！」

握っていた幹が一際硬く張り詰め、その中を劣情が駆け上がるのがわかった。

熱い物で喉奥を打たれた瞬間、筆舌に尽くし難い達成感に満たされる。

昨夜しなかったせいか、量が凄く多かった。ぷるりとしたゼリー状の物も混じっているかも知れない。それが舌先に引っかかって、歯列に絡むみたいで堪らなかった。味もやや濃くて、甘いローズのシロップと一緒に広がっていく。凄く、凄くエッチな……そういう気分になって、下着の中が蒸れていった。

「――……ぅ、ん……ぅ」

管の中までしっかり吸い上げて、全部飲み干してから性器を舐め上げる。

括れも裏筋も丁寧に、舌と唇を使って綺麗にした。

「丁度いい味になったか？」

「は……ぃ」

篁様はご満悦の様子で、コーディアルがわずかに残っていたグラスに水を注ぐ。

そして「元通りにしろ」と命じてから、ほんの少しだけ味のついた水を飲んだ。

僕は命令に従って篁様の衣服を元通りに整えながら、今はこのまま……これで終わりなんだと確信する。興奮していた心に、ぽっかりと穴が開いたような気分だった。

「——……はい」

結局僕は……篁様に抱かれたいのだ。今手にしている熱いこの欲望が、どんなに自分を気持ち良くしてくれるか……官能の世界に引きずり込んでくれるか、もう知ってしまったから、忘れられない。逃げることもできない。姉に会って異常な感情から抜け出したいと思ったけれど、そうできたところで一時のことなのだと、会う前からわかってしまった。

「いつまでもそんな所に座り込んで、どうかしたのか？」

衣服を整えたことで元通りの姿に戻った篁様は、グラスを傾けながら訊いてくる。

この人にとっては僕の快楽なんて、どうだっていいのだとわかっていた。

でも放って置かれる体が淋しくて、疼いて……立つことさえできなくて、せめて自分で慰めろと命じて欲しかった。

デスクの下から篁様の顔を見上げていると涙が滲んできて、パソコンのディスプレイの光が反射する眼鏡の向こうが……見えなくなる。たとえ何も見えなくたって、愉悦の瞳がそこにあることはわかっていたけれど。

「……っ、ぁ……！」

デスクの下で四つん這いに近い恰好になっていると、靴の先で股間を撫で上げられた。

ズボンの上から、昂って蒸れている所を刺激され、思わず脚に縋りついてしまう。

革靴の靴紐の凹凸で……結び目で、ズボンと下着を越えて、膨らみを何度も擦られた。

「は……っ、ぁ……ぁ！」

僕は篁様の脛に縋り、引き締まった脹脛《ふくらはぎ》に五指を這わせる。

このまま靴紐の結び目で、もっと……股間を……ぐりぐりと刺激されたかった。

「桜海」

「は……は、ぃ……っ」

篁様は片足だけを少しずつ動かしながら、僕を見下ろす。

眼鏡の表面に走っていた光がずれて、やっと黒い瞳が見えた。

いつもより、少し優しく見えるのは気のせいだろうか？

「この部屋に来たのは何故だ？　何か用事があったのだろう？　言ってみろ」

問われて、すぐには思い出せなかった。

忘れていたわけではないけれど、今はそれどころではなかったし、篁様が僕にも快感を与えてくださっているこの状況で、里帰りなんてどうでもよかった。

「早く言え」

「……っ、ぁ……はい……ぁの……あ、姉から……電話が、掛かってきまして……その、一泊……里帰りをしないか、と……姉の、希望で……」

僕はどうしても、自分の意志ではないことを強調したかった。

篁様が僕を姉の代わりにちゃんと抱いたりはせず、こういう辱めを受けさせるのは、まだ心の傷が癒えていないからだと思っている。だからそんな時に篁様を蔑《ないがし》ろにして里帰りをしたいだなんて、自分の意志だと思われたくなかった。

「そんなことを言いに来たのか？　もう里帰りとは、随分と根性がないんだな」

「……っ、ぅあ！」

篁様は突如足を引き、椅子を半回転させながら僕が縋っていた方の膝も大きく動かす。

僕は勢いよく振り払われて、絨毯の上に突っ伏せてしまった。

「その上、姉のせいにするのか？　お前自身が帰りたかったんだろう？」

「ち、違います……っ！」

この体勢では顔を見上げることもできなかったけれど、怒っているのが声でわかる。

逆に、先程までは本当に機嫌が良かったことを痛感した。

時間を、戻したいと思った。たった一分でいい……戻せたら、里帰りのことなんて口にしなかったのに——僕はなんて、なんて愚かなミスをしてしまったんだろう。

「何が違うんだ？　わざわざ俺の書斎を訪ねてきた以上、許しが欲しかったんだろう？　そうしたいという意思がないのなら、姉の頼みを断れば済む話だ」

「篁様……っ」

「俺を慰める役目を早々に放り捨て——花嫁代わりとして、花嫁に与えられる権利だけは行使する気か？　まったく図々しいな、自分が慰謝料であることを忘れているらしい」

「すみません……っ、僕はそんなつもりでは……っ」

口にした途端、頭の中に姉との会話が蘇ってくる。

僕は両親の住む横浜の屋敷に行きたいとは思わなかったけれど、姉には会いたかった。

姉に会うことで、篁様との異常な日々から逃れたかった。

それは事実であって、そこには篁様を独りこの屋敷に置いて行くことへの心配なんて、少しもなかったように思う。

だってこの書斎を訪ねた時点で僕は、自分が篁様にとって役に立っているなんて思えていなかったし、僕がいてもいなくても、彼にとってはどうでもいいのだと思っていたから。

「篁様……っ、申し訳ありません……里帰りは、しません。許してください」

僕は口で謝りながら、心の中ではもっともっと謝った。

たとえ要らない物であっても、役に立たない物であっても、急に無くなれば多少なりと淋しく感じたりするのが人間なのに――僕はまたしても身勝手に自分のことだけを考えて、篁様の気持ちに配慮が至らなかった。

「里帰りでも何でも好きにするがいい。明日にでも行くんだな、手配を命じておこう」

「篁様……っ」

「俺は単に、お前の温い考え方に呆れただけだ。お前が居ても居なくてもなんら困ることはない。自分が俺の役に立っているとか、居なければならない存在だなんて、まさかそんな思い上がったことを考えているわけじゃないだろう？」

「！」

「そこまで図々しいなら、むしろ喝采レベルだな。ただ従順で家柄と容姿がいいだけで、これといった取り得もなく性欲処理以上の価値を見出せない。だが俺が気づいていないだけで、他に何か素晴らしい取り柄や魅力があるのか？　生憎だが俺には見出せないな――心当たりがあるなら今すぐにでも、お教え願えないか？」

黒革の椅子を少しずつ回転させながら嗤う篁様の声が、遥か上から降り注ぐ。

甚だしく気分を害していらっしゃるのだということは、肌で感じられた。

それでも、僕だって悲しい……ここまで言われては、涙以外に嗚咽も漏れてしまう。

「めそめそ泣くな、鬱陶しい。お前は明治の女か？　まるで楓の母親みたいだな」

「――……っ、ぅ……っ」

「もっと意外性のある――少しは面白い反応でもしてみせたらどうだ？　男の狩猟本能は動いて逃げる獲物にこそ働くものだ。少しばかり見てくれが良くても剥製相手では、狩る気も起きん。当分の間、辛気臭い顔で俺の前に出てくるな――いいな？」

篁様がそう言った次の瞬間、書斎の扉をノックする音が聞こえる。

僕はデスクの下の空間に半分体を入れて突っ伏せたまま、無意識に声を殺した。

「兄さん、ちょっといい？」

「！」

聞こえてきたのは、楓様の声だった。

楓様は母方の実家である成城のお屋敷から、姉の住む横浜の屋敷に通い、新居の準備を着々と進めていると聞いていた。最後に会ったのも声を聞いたのも、二週間前だ。

「ご無沙汰。桜海君は？　ここじゃないの？」

篁様が「入れ」と言った後、楓様は書斎に入って来てそう言った。

「……っ！」

僕は当然ぎくりとしたけれど、こんな状態で出て行けるわけもない。

靴紐で刺激された股間は、篁様の言葉にショックを受けた今でも萎えることなく昂っており、たぶんズボンにまで染みができている。顔はもちろん涙でぐちゃぐちゃだったし、嗚咽を抑え込むのがやっとだった。

「知らん。用件は何だ？」

「もう二週間経ったし、桜海君どうしてるかなって思っただけだよ。何しろ僕にとっては義理の弟だからね。それに色んな意味で可愛がりたくなるキャラでしょ、彼」

「俺に同意を求めるな」

「サディストの兄しかいない身としては、あんな可愛い弟がいたらいいなぁとか思うものなんだよ。わかるでしょ？」

「お前に言われたくない。何の用だと訊いている」

篁様は僕がここに居ないことにして話し、楓様は気づかずに応じている。

楓様の、如何《いか》にも弟っぽく緩んだ口調からして、これは兄弟の素の会話だ。

なんだか聞いていてはいけない気がして、僕はデスクの下で身を縮めた。

そんなことをしても意味はなく、耳を塞ぐべきかと思ったけれど、好奇心のようなものと……あとは、耳を塞ぐことの怖さみたいなものもあって、結局小さくなるだけだった。

「今日は随分ご機嫌斜めみたいだね、声でわかるよ。橙子さんが来たんじゃ仕方ないか、ランチを一緒にしたんだって？　あの人と一緒でよく食事が喉を通るよねぇ、僕には絶対無理だ。何を食べても、砂を噛んでるみたいに感じない？　兄さんだってしんどいか——仕事、休みにしちゃうくらいだもんね」

「あの女は関係ない」

「ギャーギャーとヒステリックにあれこれ要求されて愚痴られて、ライフゲージ空っぽにされたんでしょ？　そういう時こそ可愛い桜海君を傍に置いて、思いっ切り羽を伸ばせばいいのに。癒されると思うよぉ」

「うるさい、黙れ」

楓様は、デスクからはだいぶ離れているソファーに座る。トスッと、軽く音がした。

今の僕からは篁様の足元しか見えず、楓様の状況は音や声で判断するしかない。

そして僕は泣きじゃくっていたのを忘れるくらい、楓様の言葉に驚いていた。

優しくて上品なこの人が、異母兄弟である篁様に、こんなにストレートに篁様の母親の悪口を言うとは思いもしなかった。

「ねえ兄さん……休みなら気分転換にスカッシュでもどう？　奥さんが大事な時期なんでエッチなこともできないし、しばらく汗を掻いてないんだよね。ほら、僕って形から入る人じゃない？　ランニングとか筋トレとか、地味なの無理なんだよね。やっぱりゲームがいいんだ、相手がいない運動は向いてないみたい」

楓様は甘ったるく話しながら、何かを取り出した様子だった。

コンッと音がして、ライターを使ったのだとわかる。

楓様の喋り方は、庶民の若い人っぽく崩れていてもやはり品の良い人の崩し方だったし、会話も人格を疑うようなものではなかったけれど……喫煙者だったのは意外だった。

「毒を自ら吸うような愚か者に、負ける気はないぞ」

「兄さんに勝てるなんて思ってないし。あ、そうそう……煙草は子供が生まれるまでにはやめようと思ってるんだ。綾之杉伯爵も吸わないしね、バレるとまずいじゃない？」

「どうせ煙草を買う金も無かったんだろう」

「そういうこと言わないの、ほんと性格悪いんだから。あ、もちろん奥さんにも内緒だよ、もうすぐ禁煙するんだから、ね？」

楓様は悪戯っぽくそう言って、くすくすと笑ったようだった。

こんな状況ではあったけれど、僕は少しだけホッとする。

楓様が姉に多少の嘘をついていたとしても、こんなことなら別にいい。夫婦間ではよくあることだろうと思ったし、楓様が姉と子供を大事にしてくださっているとわかったので、それは素直に嬉しかった。

「楓」

「……うん、何？」

「スカッシュ、付き合ってやってもいいぞ」

「あ、ほんと？　じゃあすぐ着替えないと」

篁様は絨毯に突っ伏している僕の横で、おもむろに立ち上がる。

椅子が後ろに大きく下がり、僕の目にようやく彼の全貌が飛び込んできた。

「！」

篁様は僕を見下ろし、汚い物でも見るような目をした。

冷たくて、憤怒に満ちた……本当に恐ろしい目だった。

「丁度退屈していたところだ。つまらん奴に気分を害されたのでな――」

「……っ！」

「ハハ……自分の母親をつまらん奴だなんて凄い言い方だなぁ……でも橙子さんは、かしましいって感じじゃない？　つまらないのは僕の母親の方だなぁ……泣いてばっかりじゃわかりませんよって……凄く言いたくなるタイプ。そのくせ陰湿だし。不幸オーラを感じ取れって無言で要求されても、こっちはエスパーじゃないんだしさぁ、何も言わずに縋られるのも重くって。顔を合わせる度に、肩に憑き物みたいなのを感じるんだよね」

楓様は苦笑気味に笑うと、火を点けて間もない煙草を早々に揉み消したようだった。

そしてソファーから立ち上がり、「夕食まであまり時間ないでしょ、行こう」と言って篁様を誘う。すでにそのつもりだった様子の篁様は、足元の僕を尻目に、デスクの向こう側に行ってしまった。

「ゲーム終わったらさ、夕食も一緒にいい？　ついでに泊まって行きたいんだけど」

「ここはお前の家でもある、好きにしろ。だが奥方を放って置いていいのか？」

「うん、今夜は成城で食べるって言ってあるし、成城には奥さんの所に泊まるって言ってある。あとで桜海君に口止めしておかないとね」

「まるでここが妾宅のようだな。女中にでも手を付けたか？」

「アハハ、ないない。兄さんが久しぶりにオフにしたって聞いて遊びに来たんじゃないか、変なこと言わないで欲しいなぁ」

二人はそんな会話をしながら書斎の扉に向かい、そのまま出て行った。

扉が閉じた瞬間、僕はゆらりと上体を起こして――篁様の座っていた椅子に手をつく。

黒い革のシートには、まだ温もりが残っていた。

掌に、篁様の体温がほんのりと伝わってくる。

デスクの上には、水の入ったグラスが置いてあった。

部屋はいつしか夕焼け色に染まっており、色がつくほどコーディアルが入っているわけでもないグラスの中身が、色づいて見えた。

そこに、僕の顔が歪に映っている。火照った顔をして映っている。

本当は真っ青な顔をしている筈なのに、紅潮しているように見えた。

「――……っ、は……っ、ぅ……っ」

僕は絨毯の上を膝這いしながら、グラスに手を伸ばす。

片手で掴み、なだらかなカーブを描くシートの上に置いて、彼の唇の跡を探した。

どろどろの感情が腹中を蠢くのが、目に見えるようにわかる。

あの二人の会話から見えてきた篁様の嘘に――僕は甚だしいショックを受けていた。

僕を騙していた篁様が、憎かった……凄く、嫌いだと思った。

「……だって貴方は……そんなに傷ついてなんかいない、そうですよね？」

僕はグラスを両手で握って、篁様の唇の跡に問いかける。

世間の噂とは違って仲の良いあの兄弟の間に、つい最近大きなトラブルがあったなんて、誰が聞いたって信じないだろう。

自分の母親を酷く嫌い、相手の母親も嫌っている二人――その上での奇妙な絆が見える。

婚約者を楓様に奪われたことで、篁様が傷ついているとは、どうしても思えなかった。

結局、篁様は最初から姉の外見と家柄を気に入っただけで、愛してなどいなかったのだろう……お部屋は確かに姉好みで素晴らしかったけれど、湯水のようにお金を使える人のやることだから、あれを愛と決めつけるのは短絡的だった。姉の好みだって楓様に聞いただけだろうし、もしかしたらすべて楓様が手配した物かも知れない。

愛はなくてもプライドの高い篁様は、婚約者に裏切られたことは許せない——でも弟の楓様のことはそれなりに可愛い。だから楓様の子を身籠った婚約者は許し、二人の結婚を認め、その代わりに僕をこんな目に遭わせているんだ。

「——……っ、ぅ……！」

全部、嫌がらせだったんだ。

あの人は……本当は姉に復讐したいのを堪えて、姉に似ている僕を蔑み、傷つける。

僕は今まで、なんてお目出度い考え方をしていたのだろう。

篁様が姉を愛していたからこそ、僕を抱くだなんて……傷ついたからこそ、僕につらく当たるだなんて、そんなふうに考えていた僕は、真実をまるでわかっていなかった。

僕はあの人にとって、憎い婚約者の代わりに虐げるための人身御供なんだ。

顔が似ているから腹いせに苛めるのに丁度良かっただけで、そこには、仮初《かりそめ》の愛情すらなかった。

「は……っ、ぁは……はは……っ」

ああ、なんて滑稽で身の程知らずな話だろう。

愚かにも僕は、あの人を癒そうなんて考えていたんだ。

癒せるわけがない、あの人にとって憎い女と似た顔をしている男の僕が、そんな愚かなことを考えて——そして今も、唇の跡を……微かな跡を見ているだけで鼓動を速くして、悔しいのに、大嫌いなのに、こんなことをしてしまう。

「——……ん……ぅ、は……っ、ぁ……っ」

僕は篁様の温もりが残る椅子に顎を乗せ、頬を寄せ、片手でグラスを支えていた。

利き手は股間に忍ばせて、釦を外してファスナーを下ろす。

下着を開くまでもなく顔を出して来てしまう性器は……すでにぐしょぐしょだった。

先端からは透明な滴が糸を引きながら垂れており、呼吸する度にグラスが曇る。

「……ぁ、あ……っ」

グラスが曇ると、篁様の唇の跡が明瞭になって——それを見ると余計に血が集まった。

手の中の物がどんどん硬くなっていって、篁様の言葉が耳の奥で木霊《こだま》する。

意地悪をたくさん言われたのに、恐ろしい目で睨まれたのに、物凄く嫌われているのに、
僕の血はそこに集結して、体の奥が疼いていた。

体の奥の奥を……摩擦されたい、篁様の太くて硬いので、ゴツゴツと……突き上げられ

たい。たとえそれが復讐でも、腹いせでも、気まぐれでも、僕はあれが、気持ちいいって知ってしまった。

「は……っ、ふ……くぁ……っ」

恥知らずで浅ましい体を、どこかに隠してしまいたい。

いっそ、死んでしまいたい。

今頃篁様は、楓様と一緒にスカッシュコートに向かって……着替え終えただろうか？

研ぎ澄まされた筋肉を晒すようなウェアを着て、あの綺麗な黒髪を乱すのだろうか？

僕のことなんか忘れて、健全な汗を掻いて愉しむのだろうか？

僕のことなんか、全然頭にないのだろうか？

「ん、ぅ……ふ……ぁ、た……たか……っ、ぁ……っ」

篁様……僕はそんなに駄目ですか？

僕は、少しも頑張れていませんか？

僕の頭の中は貴方のことでいっぱいなのに、貴方は今、僕を忘れているんですか？

「あ……っ、ぁ、は……っ……」

僕は机の下に半分潜って、篁様の椅子に縋りついて、情けない独りエッチに耽る。

本当は後ろに指を入れて掻き混ぜて、あの人を迎えられるくらい拡げたい。

そして、奥に……入れて欲しい。

ねえ……篁様……ソファーで抱き締めてくれたのは、愛犬と間違えたせいですか？

それともただの気まぐれですか？

そうだとしても、思いがけず手に入れた貴方の温もりを、僕は忘れません。

これから毎晩想い出して、こんなことをしてしまうでしょう。

そしてこの間接キスも、きっと忘れないでしょう。

「……っ、ん……っ、ぅ……」

股間で張り詰める物を扱きながら、僕はグラスに唇を寄せた。

熱い吐息で曇ったグラスに浮き上がる、篁様の唇の跡に……キスをする。

間接キス……初めてのキス……でもそれは硬くて……そして、すぐに壊れた。

「つっ、ぅ……痛っ、ぅ！」

憎く冷たい篁様の唇を、僕は噛み——逆らった罰を受ける。

薄く鋭いクリスタルガラスは、割れる時までいい音がした。

「——……っ、篁……さ、ま……っ」

篁様……貴方が僕をどんなに嫌いでも、忘れていても——僕の心は変わらない。

こんなに痛いキスしかしてくれない貴方のことを、僕は好きになってしまったようです。

《五》

翌日、何もかもが決まっていたので、僕は流れに従って横浜に向かった。

昨夜は切った唇が痛かったし、顔を見せるなと言われていたので夕食を抜いた。だから楓様には会っていないし、篁様のお渡りも当然なかった。もう完全に、僕に飽きてしまったのだろう。僕はあまりにも従順過ぎて、明治の大人しい女性みたいに——或いは楓様のお母様みたいに張り合いのないタイプだから、甚振《いたぶ》っても愉しくないいんだ。

「桜海さん、二週間ぶりね。あら、唇が……赤くない？　切ってしまったの？」

二週間と姉に言われ、本当に二週間だったかな？　と、頭の中でぼんやりと確認する。

飽きられるには早過ぎるけれど、篁様のように恵まれて育った人は、飽きるのも早いのかも知れない。次から次へと新しい玩具を買い与えられるような環境で育てば、ちょっとしたお気に入りも頻繁に変わることだろう。まして腹いせの対象であって愛情など持っていない僕のことなど、もうどうでもいいんだ……元々姉にも執着がないのだから、僕への憎悪の持続力も弱いのかも知れない。

今となっては、篁様が姉のことを愛し狂って、傷ついて苦しんでいれば良かったのにと思っていた。そうしたら反動で、腹いせの対象である僕に、もっと長く激しく執着してくれたかも知れない。早々に飽きられるくらいなら、延々と甚振られている方が良かった。

「桜海さん？」

「あ……ごめん……なんだっけ？」

僕は愛されることもなく、かといって強く憎まれることもなく忘れられ、これから先はどうなるんだろう……そんなことばかり気になって、姉を前にしても集中できなかった。

「桜海様、明日の朝十一時に、お屋敷にお迎えに上がります。どうぞごゆっくり楽しんでいらしてください」

僕は横浜のホテルの前の駐車場で、車を降りたばかりだった。

ほぼ同時に到着していたらしい姉は、女性と男性のガードに挟まれて立っている。

団地に居た頃とは大違いの上質なワンピースに、薔薇の形の淡いピンクのコサージュが付いていた。身に着けているアクセサリーは大粒の花珠真珠で、白い肌によく映える。

ホテルに入ろうとしている他のお客さん達が、必ずといっても過言ではないくらいに、姉に目を向けていた。弟の目から見ても本当に華やかで……眩しくて清らかで、すぐには直視できなかった。

「お里帰り、急に叶うことになってしまったわね。篁様は快く許してくださったの？」

姉はホテルのロビーを歩き、僕はその横を歩く。

僕達の前には警護の女性がいて、地上七十階にあるカフェに行くために先導してくれた。

背後には、威圧感のある男性ガードがついている。

トラブルが振りかからないよう、外見だけで防犯力のある大柄な人をつけたり、注目を浴びないよう平均的な体型の人をつけたり――特殊警護会社には様々なタイプのガードが在籍していて、雇用者のニーズに合わせて使い分けられると聞いていた。

「うん……僕は姉さんと買い物に行きたいって言っただけなのに、横浜の屋敷に一泊してゆっくり羽を伸ばして来なさいなんて言ってくださって、とてもお優しいんだ」

「まあ、それは良かったわ。先日お会いした時は笑顔なのに怖くて、心配していたのよ」

僕達は最上階のカフェの予約席に通され、斜め向かいに並んで座る。

高層階からの景色が売りのカフェなので、正面切って向かい合うことにはならず、今の僕には好都合だった。

この席は、完全ではないけれど個室に近い区切り方をされている。

一番近い席と二番目に近い席に、ガードの二人が別々に腰掛けた。

時刻は午後三時半で、晴れているので景色がよく見える。

七十階の高さから見ると、ヨットの形が売りのホテルさえ、まるで別物のようだった。

姉が店員さんに「海が綺麗ですね」と言うと、「今日は快晴ですから、お席によっては千葉まで見えますよ」と言われる。

僕は千葉と聞いただけで、篁様のことを想い出して息苦しくなった。

彼が千葉で育ったわけではないけれど、千葉は醤油の名産地で、亀竹家はその地域では元々裕福な名家だったと聞いている。

幸い僕達の席は方向が違っていたので、僕は景色に興味がある振りをして、姉のことをできる限り見ないようにした。早くこの時間が過ぎてしまえばいいと、腹の中で祈る。

「桜海さん、何を飲むか決まったの？」

どこまでも青く続く横浜らしい景観を眺めているうちに、いつの間にかオーダーをする段になっていた。

姉が白ココアを「面白そう」と言って注文したので、僕も同じ物にする。

価格は一杯、千四百円——半分は景色代といったところだろうか？

以前の僕達なら、とても頼めなかった物を当たり前のように注文した。

お互いに最高級の服を着て新品の靴を履き、姉は瀟洒なバッグも持っている。

個室風とはいってもポールで簡単に隔離されているだけなので、ちらちらと視線は来る。

少し自意識過剰かも知れないけれど、僕達はおそらく今……セレブと呼ばれる人種だと思われていた。実際に、「いかにも本物のセレブよね」と、微かに聞こえてくる。

「姉さん……お父さん達どうしてる？　お母さんはなんとなく、うきうきしてそうなのが想像できるんだけどね」

「お母様は元気よ、もう大変なくらい。家具の殆どがそのまま残されていたものだから、それはそれは大喜びでね。中には昭和の始めに手放した筈の世襲財産もあったのよ。まだ確認していないけれど、たぶん篁様が買い戻してくださったのね」

「世襲財産て……ああ、なんか、差し押さえを免れられる特権財産だっけ？」

「そうそう、うちの場合は壺と絵画ね。あまりにもお金がなくて特権を解除してまで売り払った品物よ。お父様でさえ話に聞いていただけで見たことがない物だったから、とても感激していたわ。例の如く口には出されないけれど」

姉はそう言って笑い、運ばれてきた白いココアに「まあ本当に白いのね」と感嘆する。運んできた店員さんは、女性でありながらも一瞬はにかんだ顔をして、「とても人気のある新商品なんです」と嬉しそうに答えた。

今の姉は、本当に輝いて見える。

キラキラとした光に変わった楓様の愛情を、全身に纏っているみたいだった。

欲求不満で冴えない顔をした僕と似ているなんて、誰も思っていないだろう。

姉弟であることがわかるという程度で、雲泥の差がついているに違いなかった。

「……っ、熱ぅ！」

僕はどんよりとした気持ちのままココアを口にして、行儀悪く声を上げてしまう。

十分に冷ましたつもりだったけれど、切った唇には酷く熱く感じられた。

「あらっ、大丈夫？　さっきも訊いたけれど、唇をどうかしたの？　ほらよく冷やして」

僕は姉に渡された氷と水の入ったグラスを唇に当て、水を少し含む。

割れたクリスタルのグラスはとても薄かったから、傷もさっくりとして綺麗な物だった。

女性なら口紅で誤魔化せる程度だろうけれど、生憎男なので赤い線が見えてしまう。

「桜海さん……あまり、私の顔を見ないわね」

「！」

「当然よね、恨まれて……二度と会ってくれないなんてことも、あるかも知れないって、そう思って……それで二週間もの間、どうしても連絡できなかったの。昨日電話をする前、凄く怖かったわ。桜海さんが傷ついて……人が変わってしまっていて、私の電話を途中で切ったり……もしかしたら、私を罵ったりするんじゃないかと思ったの」

「姉さん……」

「そういう夢を何度も見たわ。貴方が篁様に……ふ、不本意な……ことをされて、泣いて我慢して、私を恨んでいる夢を……怒鳴りつけてくる夢を、何度も見たの。だからね……貴方がこうして私と会ってくれて、それだけで私……っ」

僕は姉の斜め横に座りながら、どういう表情をすればいいのか迷った。

姉は僕に今、何を言わせたいんだろう？

自分が得た、誰もが羨む最高過ぎる幸せの、唯一の汚点になる気掛かりを取り払って、もっと幸せになりたいんだろうか？

それが、愛する人の子供を宿して何もかも大目に見て貰える立場を得た女性の、特権というものなんだろうか？　妊娠したからといって、誰も彼もが「じゃあ仕方ないね」って、姉のしたことを許してしまっていいのだろうか？

僕は今、こんなに苦しいのに……こんなに満たされていないのに、姉さんは体の中にも外にも愛があって未来があって、幸せがある。僕は空っぽでカラカラに干乾びているのに、姉さんは瑞々しく潤って満たされ、祝福に包まれている。

「桜海さん？」

僕は男だから、男の人を好きになっても実らなくて当然だし、仕方がないんだよね……綾之杉家の跡取りだし、男だから、家族のためにつらいことも我慢しないといけないよね。

わかってるよ、そんなこと。わかってるから色子役を引き受けたんじゃないか。姉さんを責める気もない。人を好きになったら仕方ないって思ってるし、許してるよ。でも幸せ過ぎる姉さんが、僕に気を遣わせてより完全なる幸せを得ようとするのは——ちょっと違うんじゃないかな？

僕がもし、「篁様は姉さんのことなんて別に好きでもなかったみたいだけれど、浮気をされてプライドを傷つけられ、僕に八つ当たりしてくるよ。僕は跪いて彼の足を舐めたり、精液を飲んだり、縛られて後孔にペニスを突っ込まれて……奥に中出しされたり、お尻を叩かれたり、酷い目に遭っている。他にもね、つまらないとか取り柄がないとか、言葉の暴力も受けているよ。でも気にしなくていいよ。僕、姉さんのために頑張って耐えるよ。姉さんは元気な赤ちゃんを産んで、楓様と幸せになってね」って……そう言って笑ったら、どんな顔をするだろう。

「桜海さん……ねえ、どうしたの黙り込んで……」

ああ、想像がつくな——まずは目を剥いて吃驚した顔、それから震えて、大泣きだ。ハンカチを出してめそめそ泣いて、まるで自分が一番酷い目に遭ったような顔をして、悲劇のヒロインになる。そして「ごめんなさい」「許して」の連発だ。

僕の気分は少しも晴れないだろう。

「――……ねえ、姉さん……引っ越し前日に謝られた件もそうなんだけど、なんだか凄く勘違いしてないかな？　僕と、篁様のこと」

「……ぇ？」

「お父さんも勘違いしているみたいだったし、実のところ僕もちょっと……そういうことなんだろうなって覚悟していたくらいだから無理もないんだけれど、篁様は、僕に特別なことはなさらないよ。至って健全な関係だから心配しないで」

僕はもう一度水を口に含み、熱を持った唇にグラスの縁をしばし当てながら笑った。

姉はこの状況でも目を剥いて、やはり吃驚した顔をする。

「あの時に仰っていた通り、話し相手として僕を必要としてくださっているんだ。何しろ篁様は姉さんが好きで仕方なかったから……似ているというだけで、凄く癒されるみたい。ああいうお立場の方は心を開ける相手もなかなかいなくて、僕はある意味では特別大事なお役目を頂戴したと思っているんだ」

「そ、そう……なの？」

「うん、信用あってこそ打ち明けて貰えることもあるし、秘密をきちんと守って、もっと信頼される存在になりたい。仕事のようにすら感じられて、毎日が凄く充実しているよ」

僕は、人生最高だと自信を持てる、会心の笑みを作った。

姉さん……これで満足でしょう？　貴女の幸せに翳りは一つもない。

篁様を傷つけたことだけは多少気になるだろうけれど、「私はあの方に、それほどまで愛されていたのね」という優越感の上に居れば、大した痛みには感じないよね？　むしろ罪な女として憂いてみたりして、ますます女振りを上げるのかな？

「――……良かった。私……てっきり篁様が桜海さんを……って、下世話なことを……」

「そういうのって、テレビや本の中にはあっても……現実にはそうあるものじゃないよ。やっぱり男同士じゃね」

「ああ……本当に良かった……安心して気が抜けてしまったわ」

「気が抜けたのは僕の方だよ。そのくらいの覚悟はして行ったのに、篁様は夜通しお悩み相談ばかりなんだから。美しい方だし、そうなってもいいかなくらいに思ってたのに」

「まあっ、それは吃驚だわ。今日一番、一番の吃驚よ」

「半分は冗談だよ。でも拍子抜けだったのは事実かな」

僕はこれまでより大人っぽく、シニカルな苦笑いをして見せる。

そしてもう温くなった白いココアを口にして、「白いのにちゃんとココアの味だね」と言ってさらに笑った。

すると姉の笑顔は、見る見るうちに完全になっていく。

何も知らない幸せな姉さん、憎らしくて狡い人――でも、それでいいと僕は思った。あの時、心から守りたいと思った姉の幸せ、家族の幸せ、そういうものを――今のこのどす黒い感情に任せて覆して、どうなるというのだろう。あの時の気持ちと努力が水泡に帰して、家族も僕自身も不幸になるだけだ。

ホテルを後にした僕達は、そのまま横浜のデパートで買い物をした。

唯一の憂いが晴れて、姉は楽しそうにベビー用品を見て回り、僕は「可愛いね」「わぁ、小さいね」と……何度も同じことを言って笑う。

お腹の子の性別はまだわからないのに、姉はピンクでも水色でも黄色でも構わず、気に入った物を手当たり次第に購入した。もちろん常盤小路グループのカードを持っていて、荷物はすべて車まで運び込むようにと――ガードの女性が店員に説明する。そもそもこのデパートも先程まで居たホテルも、すべて常盤小路グループの物だった。

「デパートの外商部の方がね、センスの良い品を色々と見せてくださるの。それに不満は全然ないのよ、でもやっぱりこうして自分で見つける方が楽しいわね。桜海さんは篁様のお相手で忙しいでしょうけれど、時間があったらまた付き合ってね」

現代のシンデレラは、パステルカラーの世界で微笑む。

そのお腹に居るのは、常盤船舶の社長の子であり……未来の常盤小路グループの総帥になるかも知れない子だ。

公家の血を引く旧華族の血を持ち、恵まれた環境で祝福されて産まれてくる。

その分、強いられることも多いその子が、どれだけ幸せになれるのかはまだわからないけれど、少なくとも姉は今、幸福の絶頂にいる。

「桜海さん、貴方も何か見たい物があるでしょう？　他のフロアに行きましょうか」

「ううん、ごめん姉さん、実はさっきメールが入って……」

姉が幸せで、僕は本当に嬉しい。それは嘘じゃないんだ。

でも今は、これ以上は勘弁して欲しいと思ってしまった。

予定ではこの後、横浜の屋敷に行って家族四人で食事をして、一泊する予定だった。

でも、そんなのとても無理だ。僕は聖人でもなければ、俳優でもない。

ただにこにこと笑っているだけで、気力も体力も消耗されてしまう。

そもそも僕は今朝からずっと篁様の決めた予定通りに動いていたけれど、考えてみたら父になんて会いたくなかった。

僕を色子のように考えながらも家のために差し出し、憐れみ、頭まで下げた父に会えるようになるには、もっと時間が必要だった。

「桜海さん、メールって？」

「ああ……篁様からのメールだったんだけど、できれば今夜は予定を変更して帰って来て欲しいって。あと、姉さんによろしくって」

「えっ……そ、そうなの？」

「うん、事情はよくわからないけれど……もしかしたらお仕事のことで何かあったのかも知れない。たとえ愚痴でもなんでも、お話を伺うのが僕の役目だからね、里帰りは中止にして帰るよ。もう車も呼んであるんだ」

僕は残念そうな顔をしてから、姉に「ごめん」と言って手を合わせる。

姉は最初こそ困惑顔だったけれど、しばらくするとフフッと笑い出した。

「桜海さん、本当に篁様のお役に立っているのね。それって凄いことだわ。貴方には元々はんなりとしたオーラみたいなものがあって、一緒にいるだけで癒されるもの……常日頃戦っていらっしゃる篁様には、とてもいい相談相手になったのね」

「――……そうだと、いいんだけど」

「きっとそうよ、皆が幸せに向かっていて嬉しいわ。この子は福の神なのかしら？」

姉はさほど目立たないお腹を擦って、淡い口紅を塗った唇に艶を走らせる。

その刹那、頭の奥で何かとても繊細な……脆い物が砕けるような音がした。

僕は何故か……物凄く幸せそうなものや綺麗なものを見ると、それが壊れた時のことを想像してしまう。それは今に始まったことではなかった。

そういう想像は、起きて欲しくない万が一のことが起きた場合に、心が壊れないようにするための予行練習なのだろうか？　悪夢を見るのと同じ要領で、最悪なことを予め疑似体験することによって、精神を守ろうとしているのだろうか？　何もかもが壊れることが、自分の深層意識にある望みだなんて思いたくはないし、疑いすらも持ってはいない。

僕はちゃんと……ちゃんと、皆の幸せを願っている。ただ、僕も幸せになりたいというだけのことだ。本当にただそれだけ——決して、誰かの足を引っ張りたいわけじゃない。


姉と、そのガードの二人と別れたのは子供服売り場だった。

僕は手を振って別れてからすぐに、デパート内にある書店に移動した。別に何か用事があったわけではないけれど、書店に吸い込まれるのは習性みたいなものだった。

フロアの半分以上を占めている書店に入ろうとすると、週刊誌のコーナーが目に留まる。

裏表紙を表にして戻されていたり、同じ雑誌が立てられて他の雑誌の表紙が隠れていたりするのを見ると、どうしても直したくなった。ほんの二週間前まで書店でアルバイトをしていたので、こういうのは見逃せないものがある。

余計なことだとは承知の上で、立ち読みしたい本を選ぶ振りをして棚を整理した。

篁様に呼び戻されたと嘘をついてはみたものの、これからどうするかはまだ決まっていなくて……時間は十分にある。一泊分の時間をどうやって埋めるか、それとも本当に車を呼んで帰るべきなのか、今は具体的に考えたくなかった。

「……っ、ぁ」

女性向け週刊誌の棚を直していると、突如篁様の写真が目に入った。

おそらく遠くから撮ったもので、あまり映りの良い写真ではなかったけれど、それでもモデル裸足のスタイルなのがよくわかる。

赤や黄の原色を多用した表紙には、「常盤小路の帝王、華麗にて危険な女性遍歴!?」と、センセーショナルな書体で書いてあった。

僕の隣に三十代くらいのＯＬ風の女性が立ち、その雑誌を黙って手に取る。

僕も同じ物を手に取って、中身を見てみた。

写真は望遠レンズでこそこそ撮ったような感じの物ばかりで、本物の篁様の美しさを、百分の一も撮り切れていない。記事の中身からも、制約と情報不足の中で無理やり作っているような苦しさがひしひしと感じられた。こんなにも薄っぺらい記事を目にしたのは、どれくらいぶりだろうか。

でも……需要があるから追いかけられ、こうして書かれ、読まれているのだと思うと、僕は自分の置かれている立場というものを改めて考えさせられた。

いくら先祖が主従関係にあったとはいえ、それは本当に遠い過去のことで、綾之杉家は経済的な問題だけではなく、黒い歴史も持っている没落華族だ。

華族は皇室の藩屏《はんぺい》であらねばならないのに、綾之杉伯爵家の身内に、社会主義に傾倒し左翼活動に参加した者が出て、逮捕されるという不名誉な事件が——過去に起きていた。

左翼とはいっても、社会主義によって安定した社会を作った方が天皇制の護持になるという思想に過ぎず——その人なりに皇室のことを真剣に思ってこその活動だったと聞いているけれど、理解される筈もなく、綾之杉家は赤色華族と呼ばれることになる。

それ以来すべての華族から鼻摘み者にされ、事業も立ち行かなくなり、急速に没落していった。

逆に、勲功華族として財力で侯爵位を買ったも同然だった成り上がりの常盤小路家は、大正時代に入り一層力をつけ、公家華族の姫君を娶って家柄も固めていく。

昭和になって、戦後華族制度が廃止になった後も常盤小路家はグループ企業として膨れ上がり——先代は公家華族であった成城の元侯爵桐平家の令嬢を正妻に迎えて楓様を儲け、老舗醤油メーカーの創業者一族にして大富豪、千葉の亀竹家の令嬢を妾にして篁様を儲け、家柄も財力もより盤石《ばんじゃく》なものにした。

「――……はぁ……」

僕は週刊誌を閉じて溜息をつき、改めて表紙を見る。

世が世ならば……というのはありえない仮定であって、僕はやはりただの人だ。

そして篁様は、間違いなく雲の上の御方。

篁様に酷いことをされたり言われたりしたからといって、僕が怒っていい筈がない。

篁様が傷ついていようといまいと、姉があの人を裏切ったのは事実なのだから、彼には報復の権利があるし、僕はそれを全部引き受けた身だ。

雑誌の中に居るこの人ではなく、本物のこの人と同じ屋根の下で暮らすことができて、一緒に食事をして、着替えを手伝い、性的なご奉仕までして……男なのに、何度も抱いていただけて……僕は、本当はとても幸せな立場だったのかも知れない。

それでも満たされずに不満で貪欲になるこの気持ちを、贅沢というのだろうか？

僕は十分に幸せだったのにそれに気づかず、完全を求めてしまったのだろうか？

人を好きになると誰でもこんなふうに身の程を忘れ、欲心を抱くものなのだろうか？

「……ねえ君、それ買うの？」

「！」

突然横から声を掛けられて、僕は慌てて顔を上げる。

長時間立ち読みしていたつもりはなかったけれど、店員さんに注意されたのだと思った。

一冊だけしか残っていない雑誌ではなかったし、お客さんということはありえない。

一秒に満たない瞬間にそこまで考えた僕は、即座に「すみません」と言っていた。

「あ、ごめんごめん。店員とかじゃなくて、ただ訊いてみただけ」

「……っ!?」

僕の横に立っていたのは、わりと背の高い金髪の男性だった。

年は二十五とか、そのくらいに見える。茶髪と金髪の中間くらいまで脱色していて凄く明るい髪色だったけれど、顔立ちが少し……少しだけ、篁様に似ていた。

「――……ぁ、あの……っ、常盤小路の総帥に……似てるって、言われませんか?」

「うん、今ので六回目。これはかなり似てるってことだよね」

本人に自覚があるんだ……と思うと、何故だか急に反論したくなってくる。

篁様とは違ってピアスを幾つもしている派手な金髪の彼は、整髪剤で空気を含ませたり、はねさせたりした髪型をしていた。

一般的には格好いいとされるタイプだと思う、かなり。

芸能人とかホストとか、そういう……容姿が売りの仕事をしている人のように見えた。

「雑誌……買いません。お買いになるならそちらにも同じ物がありますよ」

「俺も買わないよ。ただ声を掛けてみたかっただけ」

「――……何か、ご用でしょうか？」

「綺麗な子だなぁと思っただけだよ。しかも俺にちょっと似てる人の写真を真剣にさ……凄く熱っぽい目で見てたから、これは脈あるかもって思ったわけ」

金髪の彼は、容姿に自信があるのが丸わかりな笑顔を向けてくる。

篁様と比べたら、脱色した髪はパサついているし、もっと若そうなのに肌状態もさほど良くはないし、歯並びもあの人ほど完璧ではない。身長もだいぶ足りないし、痩せ過ぎていて肩幅にも体の厚みにも逞しさは感じられない。何より、喋り方が……そして雰囲気に、あのカリスマ的なオーラと品性がまったく感じられなかった。

「今、独り？　時間あったら海でも見に行かない？」

「海……？」

金髪の彼は、そう言ってから車のキーを見せてくる。

銀色の輪が四つ連なる、アウディのキーだった。

「アヤシイ奴って思ってるでしょ、いきなり車なんか乗れるわけないって警戒してる？」

「――……はい」

「俺、ホストなんだよね。女は金蔓にしか見えないからどこまでも酷いことできちゃうんだけど……その代わり可愛い男の子には超優しいんだよ、マジで。なんでかわかる？」

「わかりません」

「——……ゲイだからに決まってるじゃん」

彼は僕の身長に合わせて身を屈め、耳元にぼそっと囁いて来た。

顔立ちがちょっと似ているせいか、低めに喋ると声も少しだけ……篁様に近い。

「ほら免許証。名前も生年月日も覚えて覚えてっ」

「どうして、ですか？」

金髪の彼——いきなり見せてきた免許証によると、小竹笹仁《こたけささひと》という意外に和風な名前の彼は、人目を気にせず僕の手を握る。指輪をしているために、一部だけひやりとした。

「俺がこれから、君に悪いことする気がないって証拠だよ。もし車に連れ込んで悪さとかしたら、あとで訴えられちゃうでしょ？」

彼は「覚えた？」と確認すると、じっくり見せてきた免許証を仕舞う。

これまでにも何度か、所謂ナンパと呼ばれるようなデートの誘いを受けたことは、男女どちらからもあったけれど、免許証を見せてきた人は初めてだった。

「ねえ、山下《やました》公園とかどう？　海と船を見ながら、ついでにわんこの散歩も見れるよ」

「わんこ……ですか」

「金持ちが多いからね、アフガンハウンドとかワイマラナーとか、珍しい犬が普通にいて結構楽しいよ。そろそろ夕方の散歩のピークタイムだしね。わんこ好き？」

「はい、動物はなんでも好きです。特に犬は……飼いたくても飼えなかったので」

「マンション住まいとか？」

「ええ、まあ……そんな感じです」

「俺も今は不規則だから飼えないんだよね、ドーベルマンとか憧れるんだけどさ」

「ドーベルマンは……なかなか、大変みたいですね。運動量が……」

「理想的な飼い方すると食費も凄いらしいよ。マジで飼おうかと思ってググったら、月に十万とか掛けてる奴がいてマジびびった。体力と根性と、金がないと飼えないらしいね、あとはやっぱ、愛？」

笹仁さんはそう言いながら、僕が手にしていた雑誌を棚に戻す。

書店員だった僕から見ても、悪くはない戻し方だった。表紙が折れ曲がらないように、他の雑誌のタイトルが隠れないように、きちんといい位置に戻せている。

「怖かったら、ずっと携帯握っててていいよ。絶対変なことしないからさ、信用してよ」

彼はにこりと笑って、僕の肩を馴れ馴れしく撫でた。

立ち居振る舞いや喋り方に品性が無い代わりに、この人には、篁様には無い愛嬌というものがあるように感じられる。だからなのか、僕は、普段では考えられないような選択をしてしまった。


真っ赤なアウディに乗って山下公園に着いた時には、日が暮れていた。

途中で買って貰った珈琲を手にベンチに座ると、目の前に海が見える。

右手には係留された氷川丸《ひかわまる》、左手には横浜港大さん橋国際客船ターミナルがあるために、海が横に広がっているという解放感は得られない。七十階には程遠くても、背後に建っているホテルの上階から見下ろしたら、海の広さを十分に感じられるだろう。

残念ながら犬の散歩のピークタイムは過ぎてしまっていて、犬が通っても暗くて犬種がよくわからなかった。

その代わり、氷川丸がライトアップされて綺麗に見えたし、ヨットの形をしたホテルは、今度こそちゃんとヨットの形に見える。輝くベイブリッジやディナークルーズの船など、横浜らしい夜景を眺めることができた。

「ここにはよく来るんですか？」

「うん、結構来るね。プライベートでぼんやりしたい時とかね」

「お客さんと一緒には来ないんですか？　ホストの方って、同伴とかあるんでしょう？」

「へー、お坊ちゃまっぽいのにそういうことは知ってるんだ？」

「書店でアルバイトをしていましたから、週刊誌などで見ました。次の号が発売されると、前の号を撤去して返本するんです。それが休憩室に積んであるので……」

僕は甘めの珈琲を飲みながら、熱が沁みる唇の傷を舐める。

固まっていた血が溶けたのか、少し鉄っぽい味がした。

「ふーん、本屋ってそういうシステムなんだ？　うちのお客は風俗嬢とかキャバ嬢ばっかだからさ、全然知らなかった。実は常識？」

「さあ……どうでしょうか？　僕も実際に勤めるまでは、残った雑誌がどうなるかなんて考えたこともありませんでした」

「あ、ちなみに同伴の時にここには来ないよ。俺さ、自分がマイノリティーな人間だって早くからわかってたんで、色々切り分ける方なんだよね。仕事は仕事、プライベートには絶対踏み込ませないって感じ。だいたいほら、バレるとまずいしね」

「女性に、とてもモテそうなのに……」

「うん、モテるよ。特に常盤小路なんとかが……えーっと、なんだっけ？　苗字みたいな名前だったよね、たか……？」

「篁です。竹林という意味ですよ」

「あ、そうなんだ？　で、常盤小路篁って人が有名になってからはますますモテて、俺としては肖《あやか》ってる感じ。でもほんとは可愛い男の子にモテたいんだよね。理想は上品なのに色っぽい感じで、清潔感のある子。桜海君は最高にタイプだね、一目見て運命感じた」

「……同性に声を掛けても、成功率は低くありませんか？」

「そうでもないよ、だって……同類にしか声掛けないもん」

僕は笹仁さんの言葉に瞠目し、大袈裟過ぎるくらいの反応を見せてしまった。

まるで図星を指されて吃驚しているみたいに、肩まで上がってしまう。

「——男……知ってるでしょ？」

「な、なんで……そんな……っ」

「雑誌を見てる時は、なんとなく感じて声掛けたんだけどさ、目が合ってすぐ確信できたよ。俺のこと見て、凄い勢いで値踏みしてたもんね。スーツの中の体つきまで想像されて、筋肉量とか瞬時にチェックされた感じ。歯並びもかな？」

「！」

「自分を抱くに値する男か、キスしてもいい口の持ち主か、そういう基準でのチェックを入れてくるのは普通女の子なんだよね。君はさ、抱かれる立場になったことがあるか……もしくはなりたい子だ。これでも一応ホストなんで、相手の願望は結構見抜くよ」

笹仁さんはベンチに深く座って足を組んだまま、得意げに笑う。

返す言葉が見つからなくて、僕はただ息を詰めた。

「こうしてデートしてくれてるわけだし、合格点は貰えたと思っていいのかな？」

「――……僕は、そんなつもりは……っ」

「うんうん、わかってるよ。そんなつもりでついて来たわけじゃないんだよね。でも今はどうかな？　もうちょっと進んでもいいかって気になってない？　すぐ後ろに海の見えるホテルがあってね、桜海君にその気があるなら即行部屋を取るけど……どうでしょう？　俺としてみない？　繊細で優しい抱き方だって、ご好評いただいてるよ」

彼はそう言うと珈琲を脇に置き、僕の方に身を寄せてきた。

免許証も見せてくれたし、これまで触られたのは手と肩と、背中を少しくらいだけ……たぶん、ホテルに行ったとしても豹変せずに、言葉通りのセックスをする人ではないかと思えた。恋愛経験どころか対人スキルも低い僕の勘なんて当てにならないけれど、篁様のように縛ったり叩いたり罵ったりする人なんて……そもそも、滅多にいないだろう。

「相当好みのタイプだし、長いお付き合いにできたら嬉しいけど……一夜限りでもいいよ。君は俺の名前も生年月日も本籍も、車のナンバーも見てるけど、俺は桜海君って名前しか知らない。エッチした後どうするかは君次第だよ、しつこくなんてしないよ」

「……っ」

「ねえ、キス……してもいい？」

問いかけてくる声は今までよりも低くて、篁様の声を想い出す。

これがもし篁様の台詞だったら、僕は……僕の心臓は、きっと破裂してしまうだろう。

今、僕と同じベンチに座っていて――僕の背中を擦るようにしてくるこの人が、篁様でないことが悲しい。

この人が相手でも、セックスをすれば気持ちいいのかも知れない。体の奥の、いい所を突かれたら、それだけで前後不覚になって達ってしまうくらい感じるのかも知れない。

でもそう思ってみたところで、心は激しく拒絶している。

快感が得られたら、それでいいというわけじゃない。

僕は、篁様に……与えられたい。

行為の内容や快楽ではなく、行為をする相手が誰であるかが重要なのであって、決して、気持ち良ければ誰でもいいというわけではない。

それなのに、僕の隣にあの人は居ない。

あの人はもう、「つまらない奴」な僕に愛想を尽かし、飽きてしまわれたのだ。

顔を見せるなとまで言われてしまった以上、僕はこれまでの篁様の感触や温もりや味を想い出しながら、自分を慰め続けるしかない。

僕に残された価値は精々、「異母弟の妻の、弟」というところだろうか……それ以上になれずに、その身分のまま飼い殺しにされるなら——いっそ追い出されてしまいたい。

あの屋敷で役立たずなまま扶養され、いずれ彼の奥方に傅《かしず》くなんて……真っ平御免だ。

結局僕には、篁様に好かれるための努力の仕方がわからない。

敬って尽くしたら嫌われてしまった……頑張ったのに飽きられてしまった。

篁様が求めるような、興趣《きょうしゅ》をそそる反応なんて僕には思いつかないし、男の狩猟本能を刺激するような行動なんて……そういう、反抗的な行動なんて、できるわけがない。

癒したいとか役に立ちたいとか、ましてや好かれたいとか……大それた望みを抱くこと自体が烏滸がましい話だったのだろう——所詮、あの方と僕では身分が違うのだ。

「——……一つ二つ、訊いても……いいですか？」

「うん、何？　なんでも訊いて」

「僕の家は……僕が生まれる前は……それなりの名前がある家だったんですが……僕は、

古びた団地で育ちました。会社の社宅で、誰も住みたがらないようなボロボロの所で……家族四人で暮らしていました。縁のある方に家賃と光熱費を免除していただいて、どうにか生活保護を受けずに済みました。外で働くことが堪えられなかった両親は、代筆とか、校正の仕事とか、家でできることばかりをしていました。お金があった時の着物や洋服、アクセサリーを最低限だけ残しておいて、外に出かける時はある程度体裁を整えるんです。つまり一言で言うなら、過去の栄光にしがみついた見栄っ張りな低所得者です」

「そ、そう……なんだ？」

「僕が書店員をして稼げるのは、時給九百円です。貴方はピカピカのアウディに乗って、ブルガリの時計を身に着けている。それでも、釣り合いが取れるんでしょうか？」

僕の問い掛けに、笹仁さんは目を丸くした。

これまでは気づかなかったけれど、カラーコンタクトを入れているみたいで、日本人としては不自然なほど瞳が茶色く見えた。

「僕は、釣り合いの取れない……身分違いの関係に、今とても疲れているところです」

「そんな釣り合いとか気にするの？　身分違いなんて言葉、リアルで聞いたの初めてかも。いやでもまあ、マジに答えるんなら、俺には君のがよっぽど上等な人間に見えるよ」

「――……何故、そう思うんですか？」

「んー、なんか説明すんの難しいんだけど……稼いだもん勝ちな世界に居るから余計にさ、金じゃ買えない価値に憧れちゃうわけ。逆に言えば、そういう価値を手に入れらんないから金に執着する奴も多いわけよ。たとえば学歴とか？　俺は高校中退なんだけど、今から俺がいきなり大卒の肩書欲しくたって現実まず無理なわけで、んじゃ大卒の奴より稼いでやっか……って発想になるわけ。それができるとスッとする。そういう感じわかる？」

「はい、わかるような気がします」

「桜海君のこと、まだ全然知らないけどさ、ちょっとやそっと金があっても手に入れられない何かを持ってる気がするんだよね。育ちってやつかな？　金がなくても、君はやっぱお坊ちゃまの匂いがするよ。だから俺は君をちゃんと上に見て、大事にするよ。つーか、なんか罪悪感とか、すげぇくるね。俺みたいに飾り立てただけのチープな人間が触ったら、価値下げちゃいそう……穢しちゃうっていうか、傷物にしちゃう感じ？」

「……チープ？　傷物……？」

思わず鸚鵡《おうむ》返しにしてしまったその二言で、僕の心は大きく動いた。

篁様が嫌っている言葉のうちの、二つだ。

家柄とは無関係に、今の僕自身と釣り合いが取れている人と寝てみたら……自分の分を思い知って諦めがつくかも知れないと思ったけれど、この人が自分を僕よりも低いと言い、安物だと言うのなら、それはそれでいい。

中途半端な僕を穢して傷物にして、篁様から完全に遠ざけてくれればいい。

「――ホテル、行きましょうか……」

僕はベンチから立ち上がり、きょとんとした顔の笹仁さんを見下ろした。

夜の海風が後ろから吹いてきて、耳朶を髪が擽《くすぐ》る。

どうせもう、篁様に齧られることもない耳朶だ。

この人に舐められたって噛まれたって構わない。

想像しただけで鳥肌が立って吐き気すらするけれど、しばらく我慢すれば終わる話だ。

「僕のこと、傷物にしてください」

安物だと語るこの人に抱かれ、穢されて滅茶苦茶にされて傷物になって、それを篁様に報告しよう。

どうせあの人は僕のことで心を痛めたりはしないのだから、遠慮する必要はない。

それでも不興は買って、僕は追い出され、その後どうなるのかはわからないけれど……

楓様とすでに入籍をした姉が居るのだから、両親が困ることはないだろう。

「桜海君……マジで？　いいの？」

立ち上がった笹仁さんを見上げた僕は、小さく頷いた。

この人は一夜限りでもいいと言ったのだし、僕は誰も傷つけない。

篁様から身も心も遠ざかるために、たった一夜我慢すればいいだけだ。

「……今夜だけ……それでもよろしければ……」

誰も気に留めない罪を犯して、僕の心だけが裏切りの咎《とが》を背負う。

そして篁様に二度と会えないという、最悪で最高の罰を受ければいい。

あの人が僕を忘れるように、僕もあの人を忘れられるよう努力しよう。

そうすればきっと、楽になれる——最初はつらくても、最後はきっと楽になれる筈だ。


僕がベンチから立ち上がったせいで人目につき、その場でキスをすることはなかった。

山下公園を後にした僕達は、海を背にして信号が青になるのを待つ。

左右に延々と続く並木の歩道は幅広く、石畳が敷き詰められていた。

まだ渡れない横断歩道の向こうにはホテルがあって、前庭には薔薇が少し咲いている。

ホテルの裏手を進むと中華街があるのだと、彼は説明しながら……僕の腰に触れた。

たったそれだけで、ぎくりとするほどの感触を覚える。

これまでも肩や背中にさりげなく触れられたけれど、その時とは異なる、嫌悪感に限りなく近い違和感が——体の底から湧き上がってきた。

おそらく、これからする行為を想像してしまっているせいだ。

やっぱり、気持ちが悪いと思った。

篁様とは釣り合わないのだとわかっていても、結局僕は……篁様に抱かれたがっている。

篁様とだけ、ああいうことをしたがっている。

それはつまり、快楽だけが目的ではなく——あの人だけを好きだということだ。

酷いことばかりされたし、言われたし、考えるだけでも苦しいのに……どうして僕は、こんなにも篁様を求めてしまうのだろう。

「桜海君、青になったよ」

笹仁さんにそう言われても、僕の足は地面に縫い止められたみたいに動かなかった。

薄闇に浮き上がる信号の色は青になっているのに、頭の中では無数の赤信号が点灯して、けたたましい警鐘が鳴っている。

「……っ、ごめんなさい……やっぱり……」

これ以上進んではいけない——そう思った瞬間、腰に回されていた手を振り払っていた。

笹仁さんは少しよろけて、ショックを受けたような顔をする。

自分が酷いことをしたって痛切に感じたけれど、でも……やっぱり無理だった。

「！」

僕達の体が離れた次の瞬間、笹仁さんの背後に黒い影が迫った。

そうかと思うと、彼と僕の間にも影が割り込む。

一緒に信号を待っている人は居ないと思っていたのに、突然二人の人間が現れて、そのうちの一人は僕の肘を掴んだ。僕は驚いて、「……ぁっ！」と声を上げる。

「なっ、なんだよ……おいっ！　ちょっ、放せよっ!!」

「大人しくしてください、騒ぎ立てるつもりはありません」

次の瞬間、凄い声がした。

明るく軽めな印象だった笹仁さんが、「やめろ！　放せっ!!」と、怒鳴り声を上げた。

「えっ、や……やめ……っ！」

僕は何が起きたのか、一瞬わからなかった。怖くて声もろくに出せない。

逃げなきゃ！　とも、警察を呼ばなきゃ！　とも思ったけれど、痛みを少しも感じない抱き止められ方をされて、危機的なものとは違う、妙な空気に気づいた。

「桜海様、こちらへ。お車を寄せてあります」

ガードだ！　常盤小路グループの、特殊警護会社の人……つまりは、篁様が僕に警護をつけていたんだと理解するなり、膝の力ががくんっと抜ける。どう言えばいいのか言葉にならない感情が、体のどこかから噴き上がっていた。

「やめてくださいっ！　彼は何も悪くありません！　放してあげてくださいっ！」

僕はそう叫びながらも、笹仁さんのことだけを考えていたわけではない。

篁様が――僕のことなんて、もうどうでもいいようなことを言っていたあの篁様が……僕に警護をつけていた。まだホテルに入ってもいないのに彼らが行動に出たのは、たぶん篁様に状況報告をした結果、事前に阻止しろという指示を受けたせいだ。

「やめてくださいっ、彼は関係ありません……っ！」

僕は叫びながらも、自分の推測に心を揺さぶられる。

精神と肉体が、ちくはぐになっていく感覚だった。

目は確かにガードと揉み合っている笹仁さんを映しているのに、頭には、今頃お屋敷に居る篁様の姿が浮かぶ。

口は確かに彼らの動きを制しているのに、喉の奥で「篁様、篁様」と、祈るようにその名を呼びたがっている。

あの篁様が……僕のことを気にしてくれていた。

ただそれだけで、目の前の荒々しい光景が霞んで見える。

僕は冷酷にも……今、あの人に意識され、守られていたという事実に感悦していた。

《六》

都内に建つ常盤小路侯爵邸に戻ったのは、午後九時頃だった。

横浜からここまで移動する間、車内にはガードが一人と運転手が一人しか乗っておらず、笹仁さんを取り押さえた人の姿はなかった。

助手席に座った屈強な男性ガードに、もう一人は乗らないのかと訊くと、「少々問題が起きましたので事後処理に当たっていますが、ご心配には及びません」と言われ、追及しても答えては貰えなかった。ただし、「我々は暴力団ではありませんから、手荒なことはしていません」と明言していたので、とりあえず胸を撫で下ろすことができた。

「！」

ベルサイユ宮殿の一室のようなピンク塗れの部屋で待っていると、ノックも無しに扉を開けられる。予想はしていたのに、実際に目にすると全神経に起立を促されるような威圧感に、肌がびりびりと痺れた。

「篁様……」

「里帰りと称してホスト遊びとは、汚らわしいことこの上ないな、見下げ果てたぞ」

部屋の中央で、椅子に座ることもできずに立ち尽くしていた僕に向かって、篁様は開口一番そう言った。嘲笑めいた言い方ではあったけれど、目が……真っ黒な双眸が、激しい怒りに燃えているのが見て取れる。

笹仁さんを、ほんの少しでも篁様と似ていると思った自分が、今となっては信じられなかった。なんという黒い瞳、黒い髪、蠱惑の美声――王者の空気を纏って、一歩一歩僕に近づいてくる美事な英姿に、呼吸も思考も止まってしまいそうになる。

「他の男と寝て俺の気を惹こうとするとは、愚の骨頂だな。自らの価値を下げるだけだというこ とすらわからないほど、馬鹿だったのか？」

白いシャツ姿に、ネクタイをきっちりと締めたままの篁様が、手の届く位置に立った。

その名の通り、大地に根を張り強靭にして急速に伸び広がる竹林のように、潔く力強く、そしてどこか閉塞的な篁様の瞳……その中に、僕はもう一度戻って来られた。

「篁様……」

心臓が、全身に散らばって共鳴していた。

まるで、指先まで鼓動しているみたいだ。

この人が好きだと――臆面もなく騒ぎ立てる自分を、抑え切れない。

「――……何故、僕に警護を……？」

「お前の顔は気に入っている。物騒な世の中だからな、醜い傷など負われては困る」

「顔を見せるなと……仰っていたように、記憶していますが……」

「永久にそうしろと命じたか？」

篁様の問い掛けに、呼吸も鼓動も止まる。

昨夕……書斎であんなに酷いことを言ったくせに、なんて狡い人だろう。

「永久に、とは言っていないと思うのだが、俺の記憶違いか？」

「い……ぃ……いえ、ただ……当分の間、辛気臭い顔を見せるな、と……」

どうしよう、顔が紅くなってしまう――あれはその場限りの言葉だったと言われているみたいで、どうしたって期待してしまう。まだこの人の傍に居てもいいのかって……また、抱いて貰えたりするのかって……期待して、血が急速に巡ってしまう。

「あ、あの……昨日は、怒っていらしたから……だから、顔を見せるなと？」

「さあな、昨日の一時の感情をいちいち覚えているほど暇じゃない。だが少なくとも今は、大変なご立腹の最中だ」

篁様はやはり皮肉っぽく答えると、怒りに歪ませるように片眉を吊り上げる。

彼が忘れていても、僕は忘れていない……昨日のこと。

ご機嫌を損ねてしまったのは、僕が里帰りのことを口にした時だった。

もしかして篁様は……僕の根性の無さに呆れて怒ったわけではなく、僕を嫌って退けたわけでもなく……ただ、ご自分への想いの薄さを感じて、落胆したのだろうか？

それはつまり、こんな僕にでも……想われたいということなのだろうか？

姉に誘われても里帰りなど考えられないくらい――貴方の傍にだけずっと居たいという意思表示を僕がしていたら、ご機嫌なままでいてくれたのだろうか？

「篁様……申し訳ありません。昨日も今日も……僕が至らないばかりにっ」

「桜海、お前を穢す権利も捨てる自由も、持っているのはこの俺だ。何があろうとそれを忘れるな。その顔も体も、慰謝料としてこの屋敷に来た時から、お前自身の物ではない。自ら価値を下げ、ゴミになることは許さん」

「……っ、はい、申し訳、ありません……」

篁様の言葉に、瞼が震えて熱くなる。

裏を返せば、今の僕は不用品ではないということだ。

釣り合いの取れない筈の僕を、まだ価値があると言ってくれているんだ。

それが欲望の捌け口としてでも、腹いせの対象としてでも、お相手させていただけるなら僕は……僕はそれでいい。

ここから追い出されるくらい穢れた傷物になろうだなんて……何故そんな愚かなことを考えたのだろう——目の前に立っていられるだけでも、こんなに幸せに感じるのに。

「詫びなくてもいい、詫びようと詫びまいと、仕置はする。同じことだ」

篁様はシャンデリアの真下に立って、僕の後ろにある金属製の屑籠を指差した。

周囲はクッション性のある布張りで蓋もあり、椅子と意匠を合わせた洒落た物になっている。中にはビニール袋が仕込まれていて、容量は少なめだった。

「身に着けている物をすべて捨てろ」

「……っ、すべて……ですか？」

「服も靴もベルトも、下着もハンカチも腕時計も——何もかも全部だ。どこの馬の骨ともわからん男が触れた物を、俺の目に晒すな」

「は、はい……」

今すぐここで脱げと命じられているのがわかり、僕は言われるままにした。

シャンデリアが煌々と光を放つ部屋の中で、靴と靴下を脱ぎ、そのまま屑籠に入れる。

上着もスラックスも、ベルトもシャツも……高価な腕時計も全部、「本当に捨てるんですか？」と訊き返したりせずに捨てた。そして最後に、少し躊躇いながらも下着を脱いで、屑籠の底の方に突っ込む。

「全部……捨てました」

部屋が明るくて恥ずかしかったので、僕は壁の方を向いて立ち、篁様の位置から性器が見えないようにしていた。けれど靴音が迫ってきて、振り向かずにはいられなくなる。

「歯を食い縛れ――仕置の時間だ」

シャンデリアを背負うように伸びた長身の影から、さらに伸びる右手が、顔を目掛けて振り下ろされた。避けることなど許されない篁様の手――それが、いずれにしても避けることなど不可能な速さで空を切る。

「……うっ、ぁあぁぁぁ――っ！」

平手で頬を思い切り打たれ、僕は全裸のまま床に転がった。

ぶつかった勢いで屑籠が倒れ、金属音を立てて腕時計が転がり出てくる。

文字盤の中をダイヤモンドが不規則に蠢く、贅沢な品だった。

梅代さんがどこからか持ってきた新品の――華美で細めだけれどメンズの時計で、半ば強引に着用を勧められた時計……シャツの中に隠していたそれが、床の上で時を刻む。

「あ……っ！」

次の瞬間には、九時十五分のまま時間が止められた。

篁様の靴底で踏み抜かれた時計は呆気なく壊れ、割れた文字盤からダイヤモンドの粒がパラパラと転がり出す。文字盤の中に閉じ込められていた時よりも、ずっと綺麗に、星の如く瞬いていた。

「ぐぅ、あぁ……っ！」

床に突っ伏せていた僕は髪を鷲掴みにされ、無理やり立たされる。

足に力を入れて急速に立って歩かなければ、胴体から首を引っこ抜かれそうだった。

「や……っ、痛……ぅ、篁様……!?」

引き摺られるような中腰で、もちろん裸足で歩きながら、始めのうちはどこに向かっているのかわからなかった。気づいたのは、浴室に上がるための段が視界の隅に映った時で、同時に扉を開ける音が聞こえてくる。脱衣所の照明を点ける音も、続いて耳に入った。

「うあ……ぅ、ぁ……！」

篁様は靴を履いたままバスマットを蹴散らして脱衣所を越え、その向こうにある浴室のガラス扉を開く。僕はなす術もなく放り込まれ、真っ白なタイル張りの空間で、ようやく解放された。

「痛ぅ、ぅ……っ」

いつの間にか打ったのか、膝が痛む。肘もなんだか痺れていた。

叩かれた頬は片側だけ熱を持ち、元々切れていた唇の傷が開いて、唾液に血が混じる。

浴室の照明は点いておらず、閉じられたガラスの向こうの脱衣所からの光だけが届いていた。それでも十分明るかったけれど、丸い浴槽のある奥の方は薄暗い。

「——……っ、は……っ、ぅ」

僕は混乱の中でシャワーの音を聞き、ざらつく床に座り込んだまま顔を上げた。

最初に出てくる冷水を、足に掛けられる。

頭から掛けられるよりはましだと思っていても、「ひゃっ……！」と、見苦しい悲鳴を上げてしまった。

「お遊びの相手は若い男だったそうだな、どんな男だった？」

「……っ、や……やめて……くださ……っ」

シャワーが徐々に上の方に移動してきて、お腹に当たるのが怖かった。

足ならまだ耐えられても、胴体に掛けられるのは考えるだけでつらい。

「答えろ」

「……っ、き……金髪で……ホストの、仕事を……」

「そういう安っぽいのが好みなのか？」

「うあぁ——っ！」

シャワーを一気に顔に掛けられて、思わず絶叫する。

ところが、冷たいと感じたのは思い込みによる錯覚で、水はすでに適温になっていた。

まずは顔、そして頭の上へと移動して、延々と降り注がれる。

僕が項垂れているといつまでも続いて、髪をぐしゃぐしゃと洗うように揉み込まれた。

「——……違い、ます……好みでは、ありません……っ」

「では無理やり車に乗せられ、迫られたのか？」

篁様の指先が髪や頭皮に当たっている状態に、僕は眩暈すら感じていた。

でも、真実を告げなければいけないという理性は、まだ残っている。

篁様が僕に対して価値を見出してくれているのなら、尚更言わなければならなかった。

「いいえ……合意の上のことでした……彼は何も悪くありません」

笹仁さんがどこのお店のホストなのかは知らないけれど、篁様がその気になったら店を辞めさせたり潰したり——それどころかもっと酷い危害を加えることもできるだろう。

彼はとても紳士だったし、ホストという職業や外見から受けるイメージとは違っていて、正直で優しい人だった。嫌な思いをさせた上に迷惑を掛けてしまったけれど、あれ以上のことは何も起きて欲しくない。

「篁様……悪いのは、僕です。自暴自棄になって、普段では考えられないことをしてしまいました。でも彼は何も悪くありません……本当に、いい人でした」

「桜海」

もくもくと湯気が満ちていくバスルームの中に、篁様の声が響く。名前を呼んで貰えたからといって単純に喜べない——低くて、この上なく不機嫌そうな声だった。

「ホストという職業の人間がお前のような世間知らずを誑《たら》し込むのは、赤子の手を捩じるように簡単だろうな」

「篁様……っ」

「書店で少々バイトをしていたくらいで、お前は引き篭もりの綾之杉家の中ではもっとも世間を知っている存在だったそうだな。だが、所詮は箱入りに過ぎない。自分がどれほど脆弱で無知か知らずに、野獣の前で無防備に喉笛を晒している——愚かな獲物だ」

篁様は立ったままシャワーヘッドを握り続け、僕は喉や鎖骨に湯を受ける。

べったりと座り込んでいる体のどこにも濡れていない部分はなくなり、股間にある物もすべて彼の前に晒していた。

「……お言葉ですが、本当に……彼は悪人ではありませんでした。ホストとしてではなく、一人の……マイノリティーな人間として誠実に……」

「その誠実な男は今、留置所の中だ」

「！」

聞こえ続けている筈のシャワーの音が、どこか遠くの雨のように霞んだ気がした。

篁様の声は明瞭で聞き取り易かったけれど、今はどうしても、聞き違いだと疑いたくて仕方なかった。

「警護の人間が軽く行動を制しただけにも拘わらず、その男は異様に暴れたらしい。自分より遥かに背の高い屈強な黒服に凄まれれば、肉体的な抵抗はせずに口で事情説明を求めるのが普通だ――後ろ暗いところが無ければな」

「っ、警護の人と……何か、あったのですか？」

「私服警官だと思ったのだろう――向こうが暴れるので揉み合いになり、スーツが破れてポケットから白い粉の入った袋が落ちたそうだ。国民の義務として警察に通報した結果、そういうことになった」

僕の耳に篁様の声が入ってきて……脳がそれを認識し、心が自分の愚かさに軋む。

僕は温かいシャワーで、元々ありもしない笹仁さんの痕跡を洗い流されながら、自分に絶望していた。たとえ初対面であっても短い間であっても、じっくりと話をして信用した人が……違法な薬物を持ち歩いている人だったなんて、聞きたくなかった。

「仕置をする気も失せるほど憐れだな、桜海」

篁様は空っぽの浴槽の縁に座ると、長い脚を組み、革靴の先で僕の顎を掬う。

お湯と涙で濡れた僕の顔を、不機嫌な顔から一転——愉悦の表情で見下ろした。

「大方お前をホテルに連れ込んで、薬物で前後不覚にさせる気だったのだろう」

勝ち誇り、嘲笑い、僕を再び支配する篁様の顔を見て——僕は一度瞼を閉じた。

篁様……違うんです、それは違うんです。

貴方の仰ることは、世間知らずな僕よりも圧倒的に正しいのでしょう。

でも、それだけは違うんです。

「——……っ、ぅ……」

笹仁さんは、麻薬を売ったり買ったり、使ったりする人だったのかも知れない。

証拠が出てきて実際に逮捕されたのなら、それは確かな事実なのかも知れない。

でも、僕に使って悪さをしようなんて、あの人は思っていなかった。

貴方にそんなことを言えば、不興を買ってまた罵られるでしょう。

だから僕はもう何も言いません——でも僕は、それだけは信じたいと思います。

笹仁さんのためというのではなく、自分自身の目を信じたいからです。

貴方の輝きを見て取れるこの目が、見る目の無い……歪んだ目だと思いたくないんです。

「桜海、清めというものを知っているか？」

「……清め……？」

「不健康なホストの上に、下劣なジャンキーに触れられて穢れたお前は、見るに見かねるほど憐れだ。お前が望むなら、この俺が清めてやろう。違法な薬物は疎か煙草も吸わず、酒も極力控え、常盤小路グループの繁栄のために我が身の健康にも気を配らねばならない俺の体で、清めを施してやると言っているんだ」

「篁……様……」

「ありがたいと思うなら、靴を脱がせろ、服もだ。湯気で不快になってきた」

「はっ、はい……すぐに……っ」

僕はバスルームの床に跪いたまま、顎に当たっていた篁様の革靴に触れる。

靴紐を解いて踵をしっかりと掴み、脱がせてからもう片方の靴も同じようにした。

シャワーは元々あったシャワースタンドに戻され、広範囲を濡らしている。

篁様の衣服を決められた順番通りに脱がせていく間、先程までとは別の涙が零れた。

ありがたくて、嬉しくて、胸が熱くて堪らなかった。

僕は、結局こうしたかったのだ。

対外的に見せることのない、我儘で傲慢な篁様に、触れていたかったのだ。

「し、下着は……どうすれば……」

篁様の衣服をどこに置こうと濡れてしまいそうだったけれど、僕は立ち上がって、広いバスルームの端にある出窓にそれらを並べ、下着姿になった篁様の元に戻る。これまでは部屋の方で着替えを手伝うばかりだったので、下着を下ろしたことは一度もなかった。

「ここはバスルームだ、全裸になるのが道理だろう？　お前がこの中身に用が無いと言うなら、このままでも構わんが――」

篁様は、揶揄嘲弄《ちょうろう》するかのように僕を見る。怖いといえば怖い表情ではあったけれど、僕の愚行を嗤笑《ししょう》することで怒りはだいぶ薄れ、本当に気分が好転したのかも知れない。

そんな希望的観測を抱いたまま、僕は彼の下着に触れた。

「失礼します……」

立っている彼の足元に跪いて、体にフィットしたそれを脱がせていく。

目の前に立派な性器が現れた途端――僕の体のすべての血管を、熱い血が勢いよく巡る。

浅ましくも、しゃぶりつきたくなった。

そういう衝動があることが不思議だったけれど、否定したり誤魔化したりしようなんて思えないくらいに、その衝動は強かった。

「しゃぶりたくて仕方ないって顔だな」

「――……っ」

篁様は鼻で嘲笑うと、僕に「立て」と命じる。

下着をバスタブに掛けた僕は、言われるままに立った。

するとすぐに肩を掴まれ、タイルの壁に押しやられる。

「あ……っ、ぅ！」

背中がひやりとして、火照った体が冷気に怯えた。

温かいシャワーが体の前面に掛かり、背中との温度差が激しくなる。

「その男にどこを触らせたんだ？　清めてやるから言ってみろ」

「――手を……手を握られました。肩も……」

僕は全裸のまま両肩をタイルに縫い止められ、ごくりと喉を鳴らした。

二十センチ以上も高い彼を正面から、しかも至近距離で見上げている。

同じシャワーを浴びながら足先や膝が触れ合うと、そこから熱が広がっていった。

「……っ、ぁ」

篁様の両手が僕の肩を包み込み、流れていく湯と共に下がっていく。

肘に触れられ、手首を掴まれ、そして掌を合わせられた。

こんなに近くで顔を見合わせながら、それも全裸で、手を握られるなんて思わなかった。

「篁様……っ」

「他には？　どこを触れさせたんだ？」

顔にはもう、お湯は掛かっていないのに……真っ赤に火照ってしまうのがわかる。

僕の指と指の間に篁様の指が隙間なく割り込み、掌と掌が強く当たっていた。

どうしてもできてしまう掌の中の空間で、シャワーの湯がジュプッと音を立てる。

「……背中と腰も、です」

手を離したくなかったけれど、抱き締められたくてそう言った。

実際に背中や腰に触れられたのは事実で、感触を塗り替えて欲しい思いもあった。

篁様は片手だけを離し、もう片方の手はしっかりと握ったままにしてくれた。

「ん……は……っ、ぁ」

タイルから背中を浮かされ、背中の真ん中に触れられると……自然と胸と胸が密着する。

篁様の心臓の音が伝わってきて、自分の鼓動の速さを思い知らされた。

腰を引き寄せられた僕は彼の肩に顎を乗せる体勢になり、おずおずと背中に手を伸ばす。

篁様の体を抱き返しても、拒絶されることはなかった。

正面を向いて裸で抱き合っているという事実に、また泣いてしまいそうになる。

「――他には？」

清めなんて、もう必要ない……直接触れられたのは手だけだったし、これ以上はもう何もないと――頭の中で思っていても、この行為が終わるのが怖かった。「他にはもうありません」と答えた瞬間、手を振り解かれるのが怖くて……僕は、嘘をつきたくなる。

「左の、耳朶を……」

そう言うと程なくして、篁様の顔に寄せている方の耳朶に息が掛かる。

唇を押し当てられ、食むように挟まれて引っ張られ、そして熱い舌を這わされた。

「あ……っ、ぁ……！」

僕が肩をびくつかせると、彼はいつものように甘く齧る。

篁様と重ねた体が、欲情していた。もうとっくに反応していたのかも知れないけれど、今はもう……恥ずかしくて腰を引きたいくらいの状態になっている。

「他は、どこだ？　まだあるのか？」

「ふ、ぁ……っ、ぁ」

上唇も下唇も耳に当てながら喋られると、膝ががくがくと震えてしまう。

男らしくて低いのに、艶っぽく官能的な声に操られて――全身が性感帯のようになっていた。こんな状態で触れられたら、どこだって感じてしまう。

「――……く、唇……を……」

キスがしたくて――どうしても、どうしようもなくキスがしたくて、また嘘をついた。

清めとしてでも触れて欲しくて、僕は篁様の唇を待つ。

耳朶に触れている唇を、もう少しずらして……唇を塞いで欲しかった。

「！」

期待で胸が破裂しそうになったその瞬間、篁様は突然顔を引く。

体はまだ密着していたけれど、僕の顔を見下ろせるくらいに引いて、眉をきつく寄せた。

「口づけたのか？」

「……っ、ぇ……」

「唇に傷があるのも、そのせいか？」

「あ……いえ、これは……」

これは、違います。「キスはしていません、ただの嘘です。貴方にキスして欲しくて、ついてしまった嘘です。唇の傷は貴方との間接キスのせいです……」そう言いたいのに、口が思うように動かない。篁様の表情が意外過ぎるほど露骨に怒っていて、怖くて、僕は蛇に睨まれた蛙になってしまった。

「不愉快だ、お前もその男も、うちの警護の連中にも腹が立つ！」

「篁様っ、あ……っ、ぅあぁっ！」

彼は突然声を荒げると、僕を突き飛ばすなり踵を返す。

片手で抱き合い、指を交差させて握り合わせていたのが嘘のようだった。

繋がっていたものを一瞬にして解かれた僕は、背中をタイルにぶつける。

篁様の手とは大違いに、無機質で冷たいタイルの感触に、肌がサァッと粟立った。

桃源郷の夢から覚めて、過酷な現実に突き落とされたような感覚——足元の床が抜け、頭の中が真っ白になっていく。

「だいたい車に乗り込むのを何故止められないんだっ、俺に連絡がつかなかったにしても判断力が鈍過ぎる！　役に立たん奴は全員解雇だ！」

「！」

僕は篁様が吐き捨てた言葉に、忽ち我に返った。

無意識に体が動いて、お湯を出し続けるシャワーを止める。

篁様は全裸のまま扉を開け、すでに脱衣所に足を踏み入れていた。

「篁様っ、待って……待ってください！」

滑らないよう加工された床の上を走り、僕は慌てて追いかける。

彼はバスローブを着て、部屋に続く扉を勢いよく開けたところだった。

いつもならバスマットから直接スリッパに足を移したがるのに、今日は冷たい床の上を自分で歩いてからスリッパを履く。その間に僕もバスローブを急いで着て、バスタオルを引っ掴んで追いかけた。

「篁様っ、待ってください！」

ピンクだらけのロココの部屋の入口付近で、彼は電話を取ろうとしていた。

内線でも使って誰かを呼び出すか、何かを命じるかしようと考えたのだと思う。

でもこの部屋はディテールに拘り過ぎて、アンティーク調の電話機しか置いていない。

一応短縮ボタンに相当するものは付いているものの、それは女中さんを呼び出すためのものだった。

「た、篁様……違います、すみません……嘘です！」

電話機を前に舌打ちした彼の背後で、僕は意を決して叫んだ。

キスをして欲しいという僕の我儘から出た嘘で、警護の人達が解雇されるようなことがあってはいけないと思った。それに何より、篁様が激昂していることに感動してしまって、自分の行動とは思えないくらいの勇気が湧く。

「嘘ですっ、キスなんてしてません！」

ワインレッドのバスローブに包まれた背中に、僕は思い切り縋りついていた。

後ろから手を回して、自分の手首を掴めるくらいしっかりと抱きつく。

「桜海……」

僕の片手はバスタオルを握ったままだったけれど、それでも十分に篁様の肉体の感触というものが伝わってきた。こんなふうに彼の体を両手で味わったことは一度もなくて、今同じ空間に一緒に居るという実感が、肉や骨を通して胸に沁みてくる。

「ごめんなさい、嘘を、つきました。どうか誰かを処罰したりしないでください。本当に何もされていません……耳朶のことも嘘なんです。直に触れられたのは手だけで、あとは服の上から……肩や、背中と腰を少しくらいのものです」

篁様の胴体を、後ろからぎゅっとしている自分の体勢を客観的に考えると、生体活動が停止しそうだった。心臓はすでに、生き生きと激しく鳴り響く段階を通り越して、瀕死の魚のようになっている。一瞬かも知れないこの幸せが壊れることを恐れて、小さく小さく縮こまり、ぴくぴくと動いていた。

「許してください。嘘を、つけば……貴方からキスを……して貰えると思って……」

思えばこれまで僕はただ従順であっただけで、篁様に何も要求しなかった。

僕は反抗的な態度なんて取れないし、狩猟本能を刺激することもできないけれど、こうした身の程を弁えない贅沢な要求を、面白味のある反応だと思っては貰えないだろうか？

「――唇の傷は？」

「これは……貴方と間接キスを……しようとして、グラスで切りました」

正直に答えると、篁様は僕の手に触れる。

バスタオルを奪うようにしながらこちらを向いて、そして僕の頭にそれを掛けた。

「篁様……っ」

向き合ってくれた彼の大きな手で、僕は髪を拭かれる。

わしゃわしゃと荒っぽい手つきだったけれど、子供になったみたいで気持ち良かった。

僕の両手はもう、篁様の体を捉えていないのに、喪失感はない。

髪を拭いて貰っている……その事実に心が舞い上がって、声も出せなくなった。

「そんなに俺が好きか？」

はい……と言いたくても言えない代わりに、僕は大きく頷いた。

絶対に間違われないよう、少しも横にぶれさせずに真っ直ぐ、真下に向けて顔を動かし、そのあとでなんとか、「はい」と口にする。

「俺は最初から、お前の姉に特別な感情など抱いてはいなかった。貧しく家柄のいい女と結婚しろと——あまりにも煩い母親とその親族を黙らせるために、旧華族で経済力の無い家の娘の中から、一番好みの顔の女を選んだ。それが偶然にも、過去に君臣関係にあった綾之杉家の令嬢だっただけで、特別な理由も感情も無かった」

篁様は僕の髪を拭き続けながら語り、もう十分だと思ったのか手を止めた。

そして僕の唇に、指先を当てる。

「……っ、ぅ」

「だが、母方の言いなりになる気は更々無かったからな。結納の場所をわざと誤って教え、母は急病ということにして、代わりに楓を同席させた。そして無事に終わった結納の帰り道……楓は彼女に一目惚れしたと言ってきた。どうしても欲しいから譲ってくれと、俺に頼んできたわけだ。今から半年前のことだ」

「ぇ……っ？」

篁様は僕の顔を見下ろしながら、唇の傷をなぞるように触る。

そしてゆっくりと歩き出し、僕の体は押されるまま後退した。

このまま下がっていけばベッドに行き着くことに気づくと、鼓動が再び跳ねる。

「俺は楓に借りがあってな、望むものは何でも譲ってやると約束したことがある。結納を交わしたといっても親戚筋にしか知らせていないし、まあいいかと思って好きにさせた。つまり楓が彼女に手を出すことを俺は最初から許していたわけで――お前が慰謝料になる必要など無かったわけだ」

「……っ、ぁ」

ピンク色のお姫様ベッドに押し倒されて、僕は天蓋を背景に篁様の顔を見つめた。

騙されていたことはもうわかっていたけれど、僕が思っていた以上に裏では酷いことになっていたのだと知って——でも、怒りは湧かなかった。だってこれは……僕にとっては良い話でしかない。

「お前は俺に騙され、何も悪くないのに罵られ、屈辱的な奉仕を強要されて甚振られた。どうだ？　少しは冷静になって目が覚めたか？」

「——……いいえ、篁様……貴方は……傷ついても、怒ってもいなかったのに……僕を、ご所望されたということですよね？　もしそうなら、こんなに嬉しいことはありません。冷静になるどころか、ますます……熱に浮かされてしまいそうです」

「なんだ、少しはマシなことも言えるじゃないか。悪くない反応だ」

篁様は僕を組み伏せながら、口角を持ち上げる。

ぞくぞくするくらい意地悪く見える、悪魔のような微笑だった。

それが少しずつ近づいてきて、キスをされるのがわかる。

目を閉じようとしたけれど勿体なくて、触れ合う瞬間までずっと開けていた。

「——……ぅ、ん……っ」

傷に少し沁みる口づけは、微かに血の味と匂いがする。

弾力のある唇が重なって、斜めに塞がれると尚一層、血の味が濃くなった。

篁様の唇の感触に心が蕩けて、頭の中で大輪の花が咲く。

それも極上の……天鵞絨《ビロード》の花弁を持つ真紅の薔薇が、悠然と咲き誇るイメージだった。

「……っ、は……っ、ぁ……」

「――……ッ」

初めてのキスなのに、僕は大人しくしていられない。

篁様の背中とうなじに手を伸ばし、引き寄せるようにして求めた。

割り込んでくる舌に口内を犯される悦びが、欲望に直結する。

それは篁様も同じことで、バスローブ越しに密着する体の一部が硬くなっていった。

「――……ぅ、ぅ……っ、ふ……っ」

僕は無我夢中で……どうしたら篁様と一つになれるかを考えて、彼の腰紐を解いていく。

はしたないけれど、たぶん、これでいいんだと思った。

この人の本性は我儘で、意地悪で、そして天邪久《あまのじゃく》――だから、向けられた言葉を、真に受け過ぎてはいけないのだと思う。

「……っ、ぅ……っ」

僕は積極的に舌を絡め、篁様のうなじをさらに引き寄せ、自分からも唇を押し当てる。

篁様は僕を従順過ぎてつまらないと言ったけれど、だからといって本気で反抗されたいわけではない――そういう性質の人じゃないし、独占欲も強い。だいたいこの人は相当な

犬好きだ……それも、飼い主だけを特別忠愛するドーベルマンの愛好家だ。おそらくは、自分だけに純然たる愛を捧げてくる存在を好み、可愛いと感じる人だ。

「は……っ、ぁ……っ」

僕は息継ぎのために唇を離し、その瞬間に篁様のバスローブを脱がす。

苛めても冷たくしても尻尾を振ってついてくる――この人が求めているのは、そういう人間……所謂、奴隷なのだろう。そういう存在にするために僕を望まれたのだと知っても、僕は怒るどころか本当に尻尾を振ってしまえる人間で……そして、彼の望み通りの自分であることを幸運だと感じてしまうのだから、逃れようがない――逃げたいとも思えない。

「篁様……っ」

僕は彼の背に片手を滑らせ、もう片方の手で自分の腰紐を引いた。

掌に吸いつく滑らかな肌に触れながら、バスローブを開いて犬のように腹を見せる。

血混じりの唾液が口内に広がり、媚薬でも飲んだみたいに……淫らな気分になった。

「……縛って……僕を、縛って……好きにしてください……っ」

僕は手の中にある腰紐と、ベッドカバーの上にあった残りの一本を掴んで、篁様の前に差し出す。

彼に抱かれながら、その体に抱きつきたい願望を上回る勢いで、彼に支配されたかった。

縛って、篁様だけの物にされて、「俺の物だ」と示して欲しかった。

「お前は可愛いな、流石は俺が見込んだだけのことはある」

篁様は二本の腰紐を受け取らずに、「左右の柱に結べ」と命じてくる。

僕は辛うじてバスローブを着ている状態で、すぐに言われた通りにした。

天蓋ベッドの右側の柱に腰紐を結びつけ、左側の柱にもう一本を結びつける。

片方の腰紐はワインレッドで、もう片方はサーモンピンクだった。

その二本の先端を枕の中央に引き寄せるなり、僕は仰向けに押し倒される。

これまでは後ろから挿入されるばかりで、愛撫すらろくにされたことはなかった。

過度な贅沢は言わないつもりだったのに、篁様は仰向けのまま僕の体を固定してくれる。

両手首を縛られた僕は、バスローブに袖だけ通した状態で脚を広げられた。

「――……っ、ぁ、や……ぁ、明るくて……恥ずかしい、です……」

天蓋ベッドの中とはいっても、シャンデリアの光はそれなりに届く。

でも、本当はそんなに嫌じゃなかった。

これまでは、僕の胸とか性器とか、そういう男の部分を見たり触ったりすることを――彼が極力避けていると思っていた。だからこうしてじっくり検《あらた》められることに、擽ったい快感を覚える。何しろ、僕を見ていても篁様の欲望は一向に萎えていない。むしろ、より男らしく猛っていくばかりだった。

「お前には真っ当な羞恥心など無いだろう？　俺に見られて昂って……こんな所から涎を垂らして悦んでるじゃないか」

「あ……っ、ぁ……！」

篁様は僕の屹立した分身に触れて、そこから垂れる透明な蜜を掬う。

性器に直接触れられたのはこれが初めてで、僕は足に力を入れて快感に耐えた。

「それとも、俺の体を見て涎を垂らしてるのか？　どっちだ？」

「んぅ、ぅ……ぁ……っ」

とろとろの鈴口を指の腹で弄られると、今すぐにでも達してしまいそうになる。

でも訊かれたことに答えなきゃと必死で、口が無音のまま何度も開いた。

「両方だと言いたいのか？　誰にも見せない恥ずかしい所を俺に見られるのも、俺の体を見るのも好き――それで間違いないか？」

「はっ、ぃ……はい……間違いありま、せ……ん」

篁様の手で扱かれながら問われ、半分達した感覚に襲われる。

辛うじて耐えたけれど、その代わりに涙がぽろぽろと零れてしまった。

広げた脚の間から篁様の体が伸し掛かってきて、こめかみに口づけられる。

嘘みたいな、夢みたいな心地だった。

きつめに縛られた手首は痛いのに、涙を吸ってくれる唇は優しい。

「桜海……お前の血の味も涙の味も、他の味も――堪能していいのは俺だけだ」

「あ……っ、ぁ……！」

耳元で囁かれると、全身がベッドマットの上で跳ねるようにびくんとした。

気が変になりそうなくらい、いい声で……そんなことを言われたら死にそうになる。

「誰にも味わわせるな。勝手な真似をしたら、二度と構ってやらないぞ」

「……ぅ、ん……っ」

僕は両手を左右に引っ張られたまま、篁様の愛撫を受けた。

首筋を舐められ、腰を撫でられ、足元へと徐々に下がっていく彼に乳首を吸われる。

平らで、体自体も薄くて……男としても魅力の無い胸なのに、たっぷりと時間を掛けて吸ってくれた。唇で挟んだり、舌で転がしたり、硬くなった突起を吸ったりと……優しい愛撫を受けながら、僕は何もできない歯痒い思いに駆られる。

「は……っ、ぁ……ぁ！」

僕はどこまで貪欲なのだろう？

篁様に触られたい願望が叶えられると、今度は触りたい欲求が抑え切れなくなる。

彼はそんな僕の気持ちに気づいているのか、乳首の先を舐めながら上目遣いで僕を見た。縛られた手首の先にある十指が、一本残らず震え動いているのを確かめて、満足そうに口端を上げる。

「篁様……ぁ……っ！」

「俺に触りたいのか？」

「は、い……っ」

「駄目だ、そんなに何でも思い通りになると思うな。縛られたがったのはお前だろう？」

「あ……っ、ぁ、ぅぁ！」

篁様の顔の位置が、鳩尾《みぞおち》や臍《へそ》を経由してさらに下がり、とうとう脚の間に到達する。

いやらしい僕の欲望は、お腹に向けて糸を垂らしていた。

その糸を彼の舌先で音もなく切られ、絡めるように舐め取られる。

生々しく顔を出した鈴口に彼の唇が触れた時、僕は無意識に膝をばたつかせていた。

これ以上の快感は耐えられないと思った矢先、昂りのすべてを食まれてしまう。

「う……っ、ぁ……ゃ……！」

「――……ッ、ン」

暴れれば暴れるほど腰紐が手首に食い込み、篁様の口淫も深くなる。

僕は両膝を裏側から押さえつけられ、一気に腰を浮かされた。

自分の膝が顔の左右に迫ってきて、篁様の顔は見えなくなる。

敏感な先端で、彼の口内の熱や粘膜の感触を知った。

わざと軽く当てられる歯列に脅かされながら、裏筋ごとジュプッと吸われる。

「ふぁ……ぁ、あ……っ、ぁ！」

一流品しか口にされない篁様の唇で、僕の拙い所が吸われている。

強く吸いながら、深く浅く……と繰り返されると、手で扱くより遥かに善《よ》かった。

篁様の口に出すなんて許されないと思うのに、彼がさっき、僕の味を堪能すると言ってくれたから……僕はその言葉に甘えて、最後の枷を外す。

「——……ぅ、ん……ぁ、あ——……っ！」

彼の口内に、僕は狂おしい劣情のすべてを放った。

ドクドクと脈動しているそれは、自由を得た別の生物みたいに勝手に動く。

第一陣を放って、そして第二陣をまた放ち、規則的だったり不規則だったりしながら、管の中にある残滓まで全部……吸われるまでもなく放出した。

「——……ッ」

ごくり、と……音が聞こえた気がした。

篁様は僕の昂りをしゃぶったままの状態で喉を鳴らし、確かに嚥下する。

でもそれは少量で、口内にはぬるついた体液がたっぷりと残っている感触だった。

「ひっ、ぁ……ぁ、ゃ……そんな……っ！」

篁様の口が性器から離れてすぐに、僕は後孔に生温かい滑りを感じる。

まさかと疑ったけれど、自分の目でしっかりと見て取ることができた。

篁様は口内の精液を僕の後孔に少しずつ垂らし、舌を突き立てている。

生温かい感触は自分の精液だけではなく、彼の舌でもあった。

「た、篁様……っ、いけません……ぁ、あ……っ」

これまではただ挿入するばかりで、僕の体に殆ど触れてくれなかったのに、こんなのは反則だと思った。

舌だけじゃなく指まで入れられ、こんな所を掻き混ぜられるなんて思わなくて――でも物凄く気持ち良くて、嬉しくて、片方の脚を押さえられていても暴れてしまう。

堪らなくなって仰け反ると、ベッドの天蓋の裏側が見えた。

蜘蛛の巣にも思える放射線を描いた美しい刺繍と、ばたばたと泳ぐ爪先、縛りつけられた手首と震える指先が、一つの絵になる。篁様に囚われて、彼の思うまま支配される僕の姿は、少しは価値のあるものだろうか？

「桜海……泣き顔を見せろ。もっと、嫌そうに嬉しそうに泣いて悶えろ」

「あぁ、ぁ……ひぅ……っ！」

「誰にも見せない淫靡な姿を、俺に見せるんだ」

篁様は身を起こすと、僕の後孔に入れた指をグチュグチュと出し入れする。

僕が彼にどう見えているのか、それはわからないけれど……見たがって貰えている今を、僕は幸せだと感じていた。篁様がわざわざ捕らえるほどの存在であることが、誇らしくて仕方なかった。

「篁様……っ、も……くださ、ぃ……お願い……っ」

僕は繰り返し、「お願いします」と、途切れ途切れに哀願する。

骨の髄から沁み出してくるような、強烈な独占欲に飢餓感を増幅させられた。

「お前は可愛いな……焦らして苦しめてやりたいが、貫いて苛めてやりたくもなる」

篁様はそう言って、酷く官能的な溜息をついた。

焦らされたら死んでしまうと思ったけれど、僕のそこに凶器的な昂りを宛がってくれる。

先端が触れた瞬間、焼け石に触れたみたいに熱く感じた。

じわじわとめり込んでくるそれを、食べてしまいたいくらい愛しく思う。

「……っ、ん……ぅ、ぅ……っ、ぁ、あぁ……っ！」

「――……ッ！」

捕食者に捕まった餌でもいい、足を舐める犬でもいい、ただの肉でもなんでもいい。

今この瞬間、篁様に求められているのは世界中で唯一人、僕だけだ。

僕は篁様の物で、篁様も、今は僕の物。

こうしている間――僕は確実に、彼を独占している。

「は……ぅ、ぁ、あぁ……っ、ぁ！」

「……ッ……ハ……！」

膝裏を両手で押さえられたまま、一気に奥を貫かれた。

逆さにされた内臓に欲望を穿たれる、不条理な性交――肉も骨も軋み、体を真っ二つに裂かれる感覚。

「んぁ……ぁ、は……っ、ぁ……たか、む……ら……さ、ま……っ」

「――……っ、桜海」

「や……ぁ、ぅ……ぁ、好き……ぁ、あ……好き……です……っ」

篁様の髪が、僕の顔の上で揺れる。

彼がもっと汗を掻いて、それが僕の舌の上に落ちてくればいいのにと思った。

僕はもっと彼を知り、味わいたい。

有能で完璧過ぎる、理想を具現化した素晴らしい総帥は、世間の皆様のものでいい。

僕はそんな篁様じゃなくて、我儘や意地悪を言う本物の彼が欲しい。

誰よりも誰よりも、この人の特別になりたい。

「は、っ、ふぁ……や、も……いっ、く……っ……」

「――……ッ……！」

張り出した硬い肉が、僕の中を激しく駆け抜けていた。

一九〇センチ近い体で、体重を乗せて奥を突かれる瞬間は、腰骨の悲鳴が聞こえる。

でも、肉の窄まりとその先に続く洞《うつろ》を拡げられ、最奥まで何度も掘り込まれる快感の前には、痛みなんてスパイスみたいなものだった。甘さを一層引き立てる塩気と言ったら、適切な表現になるだろうか？　篁様に抱いて貰えるなら、痛いくらいが丁度いい。だって、その方が感じられるから……今、繋がっているって、痛感できるから。

「い、ぃ、あぁ……いっ、く……ぅ、ぁあ、あ、ぁ――……っ!!」

「――……ッ……ゥ!!」

「んぅっ、ぅ――っ！」

篁様はその瞬間、僕の唇を塞いだ。

精液と血の味がするキスで、嬌声が押し殺される。

彼は殆ど声を出さないけれど、お腹の奥で、篁様の分身が騒いでいた。

ドクドク鳴りながら、噴火するみたいにマグマを吐き出す。

「……ぅ、く……ぅ……っ」

「――……ン……ッ」

塞ぎ合った唇の間を、舌が行き交っていた。

どこまで繋げても足りないくらいの想いを込めて、僕は彼の舌を吸い、彼に吸われる。

こうやって、肉体の孔という孔を犯される度に、支配という言葉を脳に刷り込まれた。

自分の体を限なく好きに使われる悦び――そして、彼を満足させられた印を与えられる悦びは、筆舌に尽くし難いものがある。

「……篁様……っ、篁様……ぁ、あ……愛して、います……貴方だけを……！　どうか、お願いです……僕を捨てる時は……殺してください……」

射精は未だに続き、愛しい昂りは衰える気配を見せない。

ご褒美のような精を賜りながら、僕は再びキスをされた。

その前に一瞬――夢のように甘い声で名前を呼ばれた気がしたけれど……悦びのあまり失神してはいけないから、幻聴だと思うことにした。

《七》

僕が篁様の元に来てから、一ヶ月が経った。

六月になり梅雨入りもしたけれど、今日は久々の快晴で、湿度も低めだった。

空調設備が調っているとはいえ、不快指数が高い日は篁様の機嫌が悪くなる。

ましてや雨が降ると行動が制限されて、ますますストレスが溜まるようだった。

久々のお休みの今日、こうして爽やかに晴れて本当に良かったと思っている。

「ロッソ、待って……そんなに引っ張らないで……っ」

僕は篁様と共通の話題を増やしたい思いと、運動不足を解消するため、ドーベルマンの散歩を日課にしていた。とはいっても、馬車道のような散歩道をリード無しでランニングなんて無理なので、一頭だけ連れて庭を少し歩く程度だ。

ネロの子供の中で一番小さい女の子に相手をして貰っているものの、それでもパワーが凄くて、ぐいぐいと引っ張られてしまう。彼女は早朝に篁様とランニングをして、さらにドッグトレーナーさんにも走らせて貰っている筈なのに、まだまだ力が余っていた。

「もう駄目……休憩。なんか……膝が笑っちゃってる」

僕は屋敷の前庭で足を止め、ロッソのリードをポールに引っ掛けた。

競技場のように広く平坦な前庭は、噴水広場を中心として左右対称に作られている。

日中には必ずと言っていいくらい庭師の方が居て、まめに手を入れていた。

数え切れないほど多いすべての花壇は、常に満開の花で埋め尽くされている。

篁様がランニングや乗馬をするのは裏庭の方で、そちらは前庭以上に広く起伏があり、山や森林といった風情だった。常盤小路家の名前に因んで松の木が多いけれど、桜並木や白樺《しらかば》林もあったりするので、僕は裏庭の方が好きだ。

でも裏庭には独りで行ってはならないと言われているので、見晴らしの良い前庭だけを使うようにしている。要するに、心配してくださっているのだと思う。

僕に対しては、「お前のように軟弱な奴にドーベルマンの散歩ができる筈がない、身の程を知れ。お前には怯えてびくびく震えるチワワがお似合いだ」なんて言って、専門家をアメリカに飛ばして最高のチワワを探そうとしてくれていたけれど――本当のところは、僕がロッソに引っ張られて怪我をするのが嫌なんだと思う。

今はそういうのがわかるようになってきたから、僕はいちいち凹んだり悩んだりせずに、チワワの購入もどうにか中止していただいた。

「——おーい、桜海くーん」

屋敷に背を向けて前庭のベンチで寛いでいると、小さい噴水の向こうから声がした。

一瞬誰かと思ったけれど、振り返る間に楓様以外には考えられないことに気づく。

先週、会食のために姉と一緒にいらしたので、一週間振りだった。

相変わらず上等なスーツを完璧に着こなしている楓様は、軽く手を振りながら小走りにこちらに向かってくる。その背後には銀色のジャガーが停めてあり、今到着したばかりのようだった。

僕はすぐに立ち上がって、その場でお待ちする。

「楓様、ご機嫌よう」

「やあ桜海君、ご機嫌よう。久々に晴れて気持ちのいい午後だね。ドーベルマンの散歩を君がしているとは思わなかったよ、引っ張られて大変じゃない？」

「はい、そうなんです、でも少しは体力をつけたいので。楓様は篁様にご用ですか？」

「うん、オフだって聞いたんでね。一緒じゃないの？」

「はい……今日はお休みなんですが、外せない電話会談があるとかで、お昼の後から午後二時までは通信室に籠っていらっしゃいます」

「あと三十分くらいか……丁度いいや、桜海君とゆっくり話したかったしね」

規則的に水を噴き上げる池の横を通ってきた楓様は、ベンチに座る前にまず、ロッソの首を撫でる。

この屋敷のドーベルマンは賢くて、身内認定した人間には咬みついたりしないけれど、だからといって篁様以外に懐くことはない。僕だって好かれてはいないし、楓様も同じく、睨みを利かせられて早々に手を引いていた。

「あの……僕に何か？」

「いや別に、特別何ってわけじゃないけど……色々と心配していたんだよ」

楓様はそう言うと、僕と一緒に腰掛ける。

ベンチは三人でも余裕の大きさなのに、何故か詰めて、近めの位置に座られてしまった。煙草を吸いたそうに見えたので、僕は「お煙草、お気になさらずにどうぞ」と言いそうになる。でも喫煙者だとは知らないことになっているので、結局黙っていた。

「心配って……この家に来てどうかとか、そういうことですか？」

「そうそう、なんたって広いし色々勝手も違うだろうしね。でもそれより何より兄さんのことだよ。あの人ってほら……素の状態だと口が悪いっていうか、性格が悪いっていうか、普通の可愛がり方ができないタイプの人だから」

僕が楓様の横顔を見ていると、彼は突然くるっと僕の方を向いた。

篁様とはまったく似ていない天然の栗色の髪や茶の瞳は、太陽の下で見ると普段以上に明るい色に見える。

異母兄弟だからといってこんなに似ていないものだろうか……と思うくらいだけれど、先日それぞれのお母様の写真を拝見する機会があって、納得した。お二人とも母方の血が強く出ていて、先代にはあまり似ていなかった。

「ねえ、ぶっちゃけていい？」

「は？　は、はい……」

楓様は僕の返事に、「いきなりごめんね」と、まるで悪いと思っていなさそうな口調で返し、満面の笑顔を見せたかと思ったら、今度はすぐに目を細める。篁様と違って表情が豊かで柔らかいものの、あまり急激に変わられると戸惑った。

「先週会った時に、君がますます綺麗になったっていうか、いい顔してるなって思ったんだよね。それと兄さんもなんかね、雨が嫌いだから梅雨時は機嫌の悪い日が多いんだけど、メールしても結構返事くれるし、わりと普通っぽい気がする。兄さんの普通は、一般的に言えば上機嫌てことだよ。つまり、二人が凄く上手くいってるってことだよね？」

「――……あ、あの……」

僕は楓様が何を聞きたいのか、途中から察していた。

そもそも僕は、花嫁の代わりに篁様をお慰めする役目でここに来たのだから、僕や父や姉が「話し相手」という名目を疑ったのと同じように、楓様が疑っていても当然なのかも知れない。ただ……困ったことに、どう答えるかを独断では決められなかった。

お二人が本当は仲が良いのはわかっているものの、対外的にはライバルだった楓様に、篁様の性癖を喋っても構わないのだろうか？

「隠さなくていいよ、僕は全部知ってるからね。何しろ兄さんが恋に落ちたあの日、僕はあの場に居たんだから」

「……ぇ……？　こ……恋？」

「そう、結納の日。僕が先に君の本質を見抜いたつもりだったのにさ……それで、これはいいもの見つけたーって思ったのに――そういうとこ、やっぱり兄弟なんだよねぇ」

楓様はハァ……と息をつくと、またしても煙草を吸いたそうな仕草を一瞬見せる。

僕は楓様が何を言っているのかまったくわからず、焦りながら思考を巡らせた。

でも、やはり何を言っているのかわからない。

「あの……どういう意味ですか？　僕は篁様から――楓様が結納の日に姉を見初めたため、譲って欲しいと頼まれたと伺っています。篁様は姉に対して特別な感情を抱いてはおらず、さらには楓様に借りがある関係で断れなかったので、譲られたと……」

僕は、この件も当然秘密だと認識していたものの、楓様に話す分には問題ないと思っていた。だから言葉を選びつつ口にして、楓様の反応を待つ。

「えっ、何!?　そういうことになってるの!?　違うよー、それ思いっ切り嘘だからっ」

楓様は噴水の音に負けない勢いでププーッと笑うと、両手を叩きながらお腹を抱えた。

僕には何がどう嘘なのか判別できず、悪い予感ばかりが頭の中に広がっていく。

この二週間――篁様と僕の関係はそれなりに穏やかだった。

冷たくされたり意地悪を言われたり、焦らされたりすることもあったけれど、それらは篁様が僕の想いを試しているだけだということを知っているから、つらくはなかった。

どこまで自分について来られるか、あの人はそういうことを試しては満悦し、僕もまた、試練を乗り越えてご褒美の一時を与えられる度に、恍惚としてしまう。

縛られると篁様の独占欲を感じて幸せだったし、お尻を叩かれて手の痕を残されるのも、キスマークを体中に付けられるのも、私物化の証みたいで嬉しかった。

「――……っ」

この日々を壊されるくらいなら、真実なんて聞きたくない。

今すぐ耳を塞いで駆け出してしまおうか――篁様が僕にどんな嘘をついていたとしても、僕があの人を愛する気持ちは変わらないのだから……余計なことを聞けば苦しいだけだ。

「桜海君っ……ちょっ、ちょっと待って待って、そんな泣きそうな顔しないでよ。ごめんごめん、悪い話じゃないってば。どうしてそう暗くなるの？　ポジティブに考えようよ」

「――……え？」

今にも逃げ出しそうだった僕の肩を、楓様は押さえるようにして抱く。

無意識のうちに腰がベンチから浮いていたみたいで、改めて深々と座らせられた。

シャツ越しに肩に感じる楓様の指の感触や体温に、篁様以外の人に触られているという抵抗感を覚えながらも――立場上振り払えない僕は、歯を食い縛る。

「あのね……確かに僕は兄さんから、何でも譲るっていう約束をして貰ったことがあるよ。だけど僕は総帥になっていないし、僕の母方の実家は大した資産も持っていない。つまり、僕がその権利を行使したことなんてそんなにないんだよ。少なくとも兄さんの大事な物を強請《ねだ》ったりはしないね。精々……どうせ乗る暇ないなら頂戴とか言って車を貰ったりとか、注目されてる立場上もう着られないリアルファーのコートとか、宝石びっしりの時計とか、あとは海外の古城とか船とか？　使ってない物ばかりだよ」

「は……はい……そう、ですか……」

「だって兄弟だよ、大事にしてる物を強請るわけにはいかないじゃないか」

楓様は飄々と語ると、僕の肩に手を回したまま顔を近づけてくる。

楓様にこんなに接近されたのは初めてで、僕は驚きと緊張のあまり居竦《いすく》まってしまった。

「——ねえ、わかる？　僕はね、兄さんの婚約者を欲しがるほど厚かましくはないんだ。僕が結納の日に見初めて、兄さんに『手を出してもいいよね？』って一応確認したのは、君のこと。今にして思えば、黙って手を出したって構わない話だったんだけどねぇ。あの時点では兄さんには婚約者がいて、僕はフリーだったわけだし」

「……っ、な……何を……言って……」

「でもほら、やっぱり兄さんの奥さんになる人の弟だから……勝手に手を出すのは流石にまずいかなって思ったんだよね。だから一応確認したんだよ。そしたら兄さん、急に目を輝かせて即答。『弟は駄目だ、姉をやるから早々に孕ませろ』って、こうだよ。君をこの家に迎えて繋ぎ止める最良の方法を、一瞬で組み立てたみたいだった。最良って言っても兄さんにとっての話だけどね。何しろあの人は、欲しい物は絶対に手に入れる人だから」

「ちょ……ちょっと、待ってください……頭が、混乱して……っ」

僕は本当に頭が混乱して頭痛もしてきて、回転性の眩暈に襲われる。

目の前に広がる色取り取りの花壇が渦巻き、色が混ざって視界の中央だけが濃くなって、真っ黒になって……そこに、篁様の強《したた》かな笑みを見た気がした。

「因《ちな》みに桜海君は全然気づいてませんでしたが、あの頃から君には警護がついていました。

大学内にもバイト先にも潜入させていた筈だよ。あとね、君が今使ってる部屋は僕が桜子さんのために用意した物で、新居の準備ができたら大移動する予定なんだけど、ちゃんと君のための部屋もあるんだよ。君みたいに若くて可愛い子に似合いそうな服とか靴とか、時計とか、あとは本いっぱいの書室もね。兄さんがドーンと用意してあるから、楽しみにしているといいよ。今はまだ期間的に合わないから、見せられないだろうけどね」

僕はまだ混乱しているのに、楓様は次々とさらなる混乱を僕の頭に詰め込んでくる。

そう言われてみると、梅代さんが時々どこからか持って来る衣服や時計は僕のサイズに合っていて……新品で、どれもセンスの良い物ばかりだった。

「もちろん僕だって、兄さんに『姉をやる』って言われた瞬間はラッキーって思ったよ、吃驚はしたけどね。桜子さんは兄さんの婚約者だから眼中になかっただけで、お嫁さんとしては理想そのものだし、今の僕は世界で一番彼女を愛しているよ」

「楓様……」

「でも結納の時点では、君を初めて見た瞬間に欲しいと思ったんだよ。ああこの子はいい、最高の奴隷になる素質を持ってるって……見抜いてたから」

楓様の息が耳に直接掛かり、前髪が僕のこめかみに触れる。

このままでは篁様のご不興を買うことになりそうで、僕は慌てて身じろいだ。

たとえ楓様であっても絶対に駄目だ。

僕の体は篁様に捧げた物だから、唇を寄せられたりしたら裏切りになってしまう。

「奴隷って……なんですかっ？　僕は……僕は貴方の奴隷になんてなりません……っ」

「ねえ桜海君……兄さんて、お道具とか全然使わないでしょう？　優し過ぎて物足りなくない？　鞭で叩かれたりとか縄で吊るされたりとか、本格的な調教具とか複数プレイとか、経験してみたくない？　僕だったら、正気が吹っ飛ぶまで壊してあげるんだけどな」

僕はベンチの端ぎりぎりの所まで逃げて、そこから動けなくなる。

腰を抜かしてしまったのだと、自覚があった。

楓様の微笑みは天使の皮を借りた悪魔のようで、全身に鳥肌が広がっていく。

お二人の兄弟らしい共通点がサディスティックな性質や、二面性にあるとして……僕がそういうタイプの人に好まれる素質を持っているとして――でも、だからといってこんなことを言われるのは、甚だ心外だった。

「楓様、僕は篁様が望むなら――複数プレイ以外は耐えられると思います。でもそれは、相手が篁様だからです。他の人と何かするくらいなら、舌を噛んで死にます……絶対」

「ああ……いいねぇ、そういう君が欲しかったよ。でもまあ、心配しないで大丈夫だよ。僕はそっちの世界から足を洗って、理想の夫とパパになる予定なんだ」

楓様は悪魔の微笑を蝋燭の炎のように瞬時に消すと、いつもの明るい表情ともまた違う笑みを浮かべた。陽に当たっているのに、どこか憂いを帯びた顔になる。

「間違っても父のようにはなりたくないし、桜子さんに母のような思いはさせたくない。何より生まれてくる子供には……僕や兄さんのような苦痛を味わわせたくないんだ。常盤小路家に生まれれば当然色々大変だし、どう育てたって、結局は僕達みたいに裏表のある人間になっちゃうかも知れないけどね。兄さんはそういう、親としての苦労を背負う気はなくて、後継者に関しては僕に丸投げする気みたいだし、僕は今楽させて貰っている分、これからが大変てわけだよ。でも……僕は我が子を競走馬みたいには見ないし、醜い覇権争いの駒にもさせない。大前提として、目に入れても痛くないほど愛したいよ」

楓様は「なんてね」と冗談ぽく付け足して、ベンチから立ち上がる。

そして優雅な足取りで踵を返すと、噴水の向こうにある屋敷を見上げた。

「昔は妻妾《さいしょう》同居でね……その親族まで住んでたりして……っていうか半年ちょっと前までそうだったんだけど、この家は鬼の巣窟だったんだよ。今は平和で嘘みたいだ」

「楓様……」

「あ、でも新たな鬼が目覚めちゃったみたい。凄い勢いで走ってくるよ、怖い顔して」

「！」

僕は楓様の言葉を耳にして、ようやく動けるようになる。

ベンチから跳ねるように立って振り返ると、屋敷の方から走ってくる篁様の姿が見えた。

電話会談は映像付きとかで、そのためにスーツを着ているのに、本気で走っている。

銀色のジャガーの前を通り、噴水の横からベンチまでの間を、瞬く間に駆け抜ける姿は黒い疾風のようで、僕は押し寄せる威圧感と勢いに衝撃を受けていた。篁様と共に、強い向かい風が襲ってきたようにすら感じられる。

「楓っ!!」

「うわっ、兄さん待って！　暴力反対っ！」

篁様は、大喜びするロッソも思わず叫ぶ僕もお構いなしに、楓様の胸倉を引っ掴んだ。

今にも殴り掛かりそうだったけれど、対する楓様は僕のように怯えてはいない。篁様が拳を目いっぱい振り上げた時点で、「何もしてないってば!!」と、物凄い声を上げた。

楓様の大声を聞いたのは初めてで……鼓膜が痺れるような声量に仰天させられる。

「た……篁様っ、やめてください！」

僕は拳が振り下ろされる前に辛うじて飛びついて、篁様の肘をなんとか押さえた。

それはあまりにも高い位置にあったけれど、体重を掛けてぶら下がり気味に引っ張ると、ようやく僕の胸元に落ち着いた。

「楓っ、お前には十分くれてやった筈だ！」

「わかってるよ兄さん、ちょっとふざけてただけだってば……やだなぁ、本気モードとからしくないよ。それにこの際だからハッキリさせておくけど、そもそも兄さんは根本的に勘違いしてるよ。借りがあるのは僕の方なんだよ——兄さんは命の恩人なんだから」

楓様はそう言いながら徐々に鷹揚な笑顔になっていき、解放された胸元を整える。曲がったネクタイを、鏡を見て直したかのように完璧に正して、「先に行ってるね」と言うなり歩き出した。

こんなことになってもお帰りにならない辺り、楓様の神経は本当に太いと思う。

篁様と互角に渡り合って行けるのは、この人以外にはいない気がした。

僕は篁様の肘にしがみついたまま押し黙り、噴水の方へと消える楓様の後ろ姿を見送る。

お二人の間に何があって、どうしてお互いが借りを作ったことになっているのか僕には想像もつかなかったけれど、きっとそんな貸し借りとは関係なく——そして、母親やその一族の思惑とも関係なく、兄弟はやっぱり兄弟なんじゃないかと、僕は思った。

男同士の兄弟の絆はわからなくても、姉がいるから少しはわかる。

憎いと思った瞬間もあったけれど、それでも僕は姉を愛している。

「気安く触るな。いつまで触れている気だ」

「篁様……すみません」

僕が掴んでいた肘を乱暴に振るようにして、篁様は僕から離れた。

今は機嫌が悪いのだし、屋外だから仕方がない。お仕事が終わったのなら本当はもっと構って欲しかったけれど、篁様が触れてくれるのを待つのは、嫌いじゃなかった。

「ロッソを犬舎に返しに行くぞ」

「はいっ」

篁様が近づくと、ロッソは断尾されて殆ど無い尻尾を千切れんばかりに振る。

思わず嫉妬したくなるほど彼の手を舐め回し、愛玩犬のように甘えた声を出していた。

僕がリードを持つと容赦なく引っ張るくせに、篁様が相手だと、リードの意味がないくらい歩調を合わせる。黒光りする引き締まった肢体を撓らせ、名前通りの赤色の石が埋め込まれた首輪を着けた姿で、ガードドッグ然として歩いていた。

「おい、もたもたするな」

「……ぁっ、すみません」

僕もきちんと歩調を合わせ、一定の距離を保っていたつもりだった。

でも叱られて、「お前のような鈍間《のろま》にこそ、リードが必要だな」と嘲笑われる。

次の瞬間――リードの代わりということなのか、篁様は僕の手首を引っ掴んだ。

「篁様……っ」

前庭から、犬舎のある裏庭に向けて……僕は篁様に手を引かれて歩いて行く。

掴まれた位置は徐々にずれていって、屋敷の横手に出た頃には指を握られていた。

それだけで胸が締めつけられ、甘苦しくなる。

「命の恩人とか何とか言っていたが、楓と何を話していた？」

「あ……はい、妻妾同居で大変だったとか……そういうことです。楓様は姉とその子供を大切にすると言ってくださいました。ご自分や篁様のような思いはさせたくないと……」

「くだらん話だな、だいたい勘違いしているのは楓の方だ」

「……あの、お差し支えなければ、お二人に何があったのか伺ってもよろしいですか？」

「――……」

篁様は沈黙を返すばかりだったけれど、おそらく話してくださる気なのだろう……と、直感的に感じた。それまでじっと待とうと思い、僕は黙って歩き続ける。

犬舎までといわず、このままずっと手を引かれて歩いていたいくらいだった。

すでに散歩に疲れていた筈なのに、篁様とならどこまでも歩いて行ける気がする。

「俺の母親は……民間の出ではあるが、それでもお嬢様と呼ばれて傅かれて育った女だ。

美人で学もあり、当然正妻になれるものと思って父と関係を持った。だが実際には後から現れた楓の母親に正妻の座を奪われ、妾という――頭の片隅にも思わなかった立場に貶められた。それでも引けない性格が災いし、三十年以上も続く妻妾同居の地獄の幕開けだ」

篁様は淡々と語りながら、少しだけ歩を緩める。

背中を見ていた僕は次第に、彼の隣を歩けるようになった。

ロッソと僕とで、篁様を間に挟みながら桜並木に差し掛かる。

六月の桜は濃い緑一色で、並木に沿うように紫陽花《あじさい》が見えた。

「正妻より二年も先に長男を産んだまでは良かったが……楓が生まれた途端に、向こうも勢いづく。こっちは財力で攻め、向こうは格式で攻め、大奥さながらの陰湿な争いが繰り広げられたが、父はそれを愉しみこそすれ止めはせず――俺が十一の時に、かなりまずい事件が起きた。俺が風邪を拗《こじ》らせて高熱が続き、入院させるかどうかって時の話だ……」

言葉が途切れたと同時に、篁様が僕の指を握る力が、わずかに強くなった気がした。

僕は葉桜の木漏れ日の下を歩きながら、その手を握り返す。

本当はしっかりと握りたかったけれど、あまり強く握ると篁様の誇りを傷つけるような気がしたので、ほんの少しの力で我慢した。

「体調の悪い息子を前にした母親は、過度の不安やストレスを抱えるわけだが――そんなタイミングで、楓側の誰かがいつもの如く嫌がらせをしてきた。母の衣装部屋に忍んで、

当時もっとも自慢していた高価な着物を醤油浸しにしたんだ。もちろん亀竹の醤油でな」

「……っ⁉」

「こっちも相当なことをやってるからな、それ自体は大した問題じゃなかったが、時期が悪過ぎた。母は狂ったようになり、鎮静剤を打たれて一度は落ち着いたが、俺は嫌な予感がして夜中に目を覚ました。熱で浮かされながらも、醤油の一升瓶を手に廊下を歩く母を追って行き――最悪な光景を見た。母はまだ幼い楓に無理やりそれを飲ませ、罵りながら殺そうとしたんだ」

篁様は歩を止めることなく歩き続けていたけれど、僕は息も止まる想いだった。

声なんて掛けられるわけがなくて、相槌すらもまったく出てこなくて、ただ一緒に……手を引かれるまま歩くことしかできない。脳裏に浮かぶ光景は、十一歳の彼が見た現実の過酷さには遠く及ばないと知りつつも、あまりにも悲し過ぎるものだった。

「俺が止めに入ると、母は再び半狂乱になって自分の部屋に戻って行った。俺はそれまで喋ることも許されなかった弟の口に指を突っ込み、醤油を吐かせ捲った。その時に、例の約束をしたわけだ。これから先お前が望むものは何でもやるから、このことは黙っていてくれと――」

「……っ！」

「この話には後日談があるんだが、それから楓は自分の母親の言うことをあまり聞かなくなり、周囲に隠れて俺に懐くようになった。そして俺の母親は、あの夜の出来事を何一つ覚えておらず、執念深く楓の一族を恨み続けている。俺が跡を継いでも相変わらずだ」

噂に聞く篁様のご生母のことを考えながらも、僕はやはり言葉を見つけられなかった。

その事件から十九年後に当主が死去し、篁様が新総帥に決まるまでの間——どれだけの争いがあったのか……想像するだけで身の毛がよだつ。

もしかすると、お二人にとって身近に感じられる家族は、お互いだけだったのかも知れない。けれどその相手こそが最大の敵でもあり、表面的には競わなければならなかった。

表と裏の顔が出来上がるのは当然であって——裏のみにならないだけ……常盤小路家を正しく背負って行けるだけ、お二人の精神力は並みならぬものがあるのだろう。

「——楓様は、姉ではなく僕を欲しいと言ってくださったそうですね、結納の後で」

篁様を現在の世界に戻したくて、僕はあえて驚かせるようなことを口にした。

彼は舌を打ち、苦虫を噛み潰したような顔をする。

それでも僕の手を離しはしなかった。

沈黙のまま並木道を外れると、石造りの犬舎が見えてくる。

篁様を愛し、どこまでも純粋な想いだけを抱く犬達が、歓喜の声を上げていた。

「楓様とのそんな大事なお約束があったのに、僕を譲らないでくださって……ありがとうございました。お蔭でこうして篁様のお傍に居られて、僕はとても幸せです」

「思い上がるな。俺はただ、後継者を育てる面倒な役目を楓に押しつけたかっただけだ」

「申し訳ありません……では篁様は、今後も後継者を作らないんですか？　ご結婚は？」

僕が問いかけたその時、篁様はロッソのリードを離した。

彼女は主の意図を察したように、自分で犬舎に向かって走って行く。

空いた篁様の手が、僕の頬にそっと触れた。

握られている指にも力が込められたので、今度は僕もしっかりと、強く握り返した。

梅雨の合間の清爽たる青空を背景に、篁様は僕の顔を瞳に映し、おもむろに唇を開く。

「結婚はしない、子供も不要だ。面倒だからな――」

篁様の言葉に、僕の口元はどうしても綻んでしまう。

同時に涙腺も脆くなって、はらりと涙が零れた。

僕の顔だけ梅雨真っ盛りのように濡れていって、篁様の指まで涙が伝う。

彼は僕の頬から手を離すと、それを唇に運んだ。

甲の上で光る涙に口づけながら、僕を見つめる。

そしてゆっくりと舌を出し、僕の涙を味わった。

あとがき

こんにちは、または初めまして、犬飼ののと申します。

ここまでお付き合いいただき、ありがとうございました。

編集のM様との打ち合わせで、派手な世界観&オレ様攻めと決まっていたんですが、元華族設定ということで派手さが抑えられ、表向きは大人しい人達になりました。でもその気になったら自家用ジェットを飛ばして、豪華な海外デートをするのかも知れません。

わんこを全頭連れて行く我儘な篁様とか、海外の古城で緊縛プレイに耽る篁様とか……妄想しながらニヤニヤするほど彼が好きです、好みド真ん中の攻め様でした（でも明るくおおらかで腹黒な、楓様タイプもかなり好きです。兄弟まとめて愛してます）。

そして肝心のイラストですが、今回は執筆前にキャララフをいただくことができたので、イメージがハッキリしていてとても書きやすかったです。想像通り、もしくは想像以上の完璧な挿絵をつけていただけて、物凄く幸せでした。つくだ仁南先生に大感謝です！

最後になりましたが、この本、『華族花嫁の正しい飼い方』をお手に取ってくださった皆様と関係者の方々に、心より御礼申し上げます！　楽しんでいただけましたら何よりの幸せです。そして、どうかまたお会いできますように！

プリズム文庫をお買い上げいただきまして
ありがとうございました。
この本を読んでのご意見・ご感想を
お待ちしております!

【ファンレターのあて先】
〒153-0051 東京都目黒区上目黒1-18-6 NMビル
(株)オークラ出版 プリズム文庫編集部
『犬飼のの先生』『つくだ 仁南先生』係

プリズム文庫

華族花嫁の正しい飼い方

2011年10月23日 初版発行

著　者　犬飼のの
発行人　長嶋正博
発　行　株式会社オークラ出版
〒153-0051 東京都目黒区上目黒1-18-6 NMビル
営　業　TEL:03-3792-2411 FAX:03-3793-7048
編　集　TEL:03-3793-8012 FAX:03-5722-7626
郵便振替　00170-7-581612(加入者名:オークランド)
印　刷　図書印刷株式会社

©Nono Inukai／2011　©オークラ出版

本書に掲載されている作品はすべてフィクションです。実在の人物・団体などにはいっさい関係ございません。
無断複写・複製・転載を禁じます。
乱丁・落丁はお取り替えいたします。小社営業部までお送りください。

ISBN978-4-7755-1758-1　Printed in Japan